ハルチカ

退出ゲーム

初野 晴・作
烏羽 雨・絵

角川つばさ文庫

目次(もくじ)

登場人物紹介

穂村千夏

廃部寸前の吹奏楽部で、吹奏楽の“甲子園”普門館を夢見るフルート奏者。買ってもらったフルートを大切にしながら練習にはげんでいる。

上条春太

千夏の幼なじみ。ホルン奏者。さらさらの髪にきめの細かい白い肌、二重まぶたに長いまつ毛。完璧な外見と優れた頭脳を持つ。

成島美代子

中学時代に普門館出場の経験をもつオーボエ奏者。

草壁信二郎

音楽教師。吹奏楽部顧問。東京国際音楽コンクール指揮部門で二位。

名越俊也

廃部になった演劇部を復活させ部長を務める。

マレン・セイ

中国系アメリカ人。サックスの名手だが演劇部所属。

藤間弥生子

演劇部の看板女優。

結晶泥棒
けっしょうどろぼう

わたしはこんな三角関係をぜったいに認めない。

1

高校一年の秋のことだった。

わたしはアパートの二〇五号室の扉の前に立って深呼吸をする。外から眺めたとき、厚手のカーテンで閉ざされていた暗い部屋だ。

インターホンを鳴らす。返事はない。早押しのクイズボタンのように連打してみた。案外楽しいけれど、やっぱり反応はない。この部屋に引きこもっているのはわかっている。おーい、出てこい。

ここまでくると天岩戸に引きこもった天照大御神の神話を思いだしてしまう。「実はね……」と、わたしに教えてくれたのは、他でもないこいつなのだ。天照大御神は女神というのが常識だけど、『源平盛衰記』では男神として、『日諱貴本紀』では両性具有の神として登場する。あの会話がまさかこんな状況を予見していようとは——

制服のポケットに手を滑りこませて携帯電話にかけてみることにした。コールが五回、六回とむなしく響き、機械的な声とともに留守録へと切りかわった。その瞬間キッチンから笛のような音が聞こえた。和音だ。最近のケトルは沸騰するとあんな音を出すのか。ふうん。へえ。コンロをとめる気配がして、水を打ったように静まりかえる。

「入るわよ」

ノックして叫ぶと中でどたどたと足音が響く。いまさら慌てているのか。もう遅い。こいつの姉から借りた合い鍵を使ってドアを開ける。チェーンが引っかかった。ここで合い鍵を借りたときに受けたアドバイスを思いだす。教えてもらった通り、間から人差し指ですくいあげると難なく解除できた。築三十年、建てかえ適齢期の峠を迎えた木造建ては流石だ。

「うそぉ」

なんとも情けない声でパジャマ姿の春太が尻もちをついた。その目は恐怖でおののいている。

学校を無断欠席して一週間。いやこの部屋に引きこもって一週間というほうが正しい。たとえ家賃が一万二千円で、それが親との折半でも、同級生の分際で自分の部屋代わりにアパートを借

りていること自体、わたしには許せない。もっともこいつの場合はすこしばかり複雑な事情があるのだが……

わたしの仁王立ちが影をつくった。

ハルタはその影から逃れるように尻もちをついたまま後ずさり、部屋の奥へと引っこんでいく。靴を脱いで部屋に入る。両手でカーテンと窓を開けると、日射しと気持ちのいい空気が流れこんできた。部屋は一週間の籠城の割にはきれいに片づいている。勉強部屋という名目だから、もともと余計な家具は置いていない。ささやかな流しとコンロがある台所のスペース、押し入れつきの一間、ごみ捨て場で拾ってきたちゃぶ台、ブックラックとミニコンポ、そして、さっきまで人肌で温まっていたであろう寝袋。

ちゃぶ台の前に腹ばいで戻ってきたハルタが、寝癖のついた髪をかきあげてこっちを見あげる。

「せっかく押しかけてきたんだし、なにか飲んでいきなよ」

「いらないから」わたしは近くのコンビニで買ってきたダイエット茶のボトルを、ちゃぶ台の上に置いて座った。

「いいね、それ。ちょうど喉がかわいていたところなんだ」ハルタは立ちあがり、台所からいそいそとマグカップを持ってくる。「半分ちょうだい」

わたしは黙ってマグカップに注ぎいれた。

サンキュ、とハルタはいい、体育座りでちびちびと唇を濡らしはじめる。

寝癖があるとはいえ、さらさらで艶のある髪と中性的な顔立ちに一瞬見ほれてしまいそうになった。背が低いことを気にしているが、ムダ肉のない身体つき、きめの細かい肌、すっと通った鼻筋と長いまつ毛、そして、極めつけは二重のまぶた。女のわたしが心から切望したパーツを、男のハルタはすべて持って生まれている。映画の『転校生』みたいにこいつともつれあって階段を転げおちたらどうなるんだろう、と妄想していた時期もあった。あれは一瞬の気の迷いであったと思いたい。

「で？」と、ハルタはいった。まっすぐ見る目は、なにしにきたの？　と純粋に語っている。

いいたいことは山ほど売るほどある。通学かばんから板書を写したノートを取りだすと、できるだけ落ちついた声を出した。

「先生はとても心配しています」

ハルタははっとし、深くうなずいた。

「クラスのみんなも、とても反省しています」

ハルタが疑いの目を向けてくる。

そもそもハルタが登校拒否をした理由はこうだ。学校にはハルタの片想いのひとがいる。携帯電話のカメラで盗撮——いやいや——こっそり撮影したそのひとの写真を密かに眺めるのが彼のささやかな楽しみであり日課でもあった。普段はパスワードで厳重にロックしているくせに、ある日に限ってそれを忘れ、こともあろうに校舎でなくしてしまった。目を血走らせて必死に捜すハルタ。見つけたのがクラスの男子だったのがいけなかった。面白半分でフォト・フォルダをのぞいて、その片想いのひとの写真を見てしまったのだ。それもたくさん。わたしにはその男子の狼狽ぶりがよくわかる。まさにパンドラの箱を開けてしまった心境だろう。教室内はざわめき、困惑し、歓声があがり、たちまち台風の目のようにハルタはクラスメイトに囲まれた。

「ぼくは決めたんだよ。もう、学校やめる」ハルタが遠い目をして、ぽつりといった。

「はあ？」

「そうか。チカちゃんにはわからないんだな、ぼくの気持ちが。いろんな生徒から冷たい視線を浴びる学校へと、再び通わなきゃならない心境が」

わたしをいまだに「チカちゃん」呼ばわりするこの奇妙な幼なじみをじっと見つめた。

「学校を休んでいる間、クラスのみんなのぼくに対する冷たい視線を、すこしでもそらすことができないかとずっと考えていたんだ。でも、だめだった。ぼくはぼくである前に、他者にどう見られているかを気にする弱いぼくがいて、見られる存在としての自分と、その存在を脅かす非自己とに二分した世界が……」

わたしはボトルのキャップを締めて投げつけた。手加減は、なしだ。

「ごめん」ハルタが縮こまって謝る。悪い癖だ。自分の本心を他者に悟られまいと、小難しい話で煙に巻こうとする。

「とにかく」わたしはいう。「あの件なら、もう心配いらないから」

「どういうこと？」

「わたしが一週間かけてクラスのみんなをいいくるめたの。ハルタには他に好きな娘がいるって。携帯の画像は、お人好しのハルタがわたしの友だちに頼まれたものだって」

「チカちゃん……」

一瞬、感動してくれたと思いきや様子が違った。

「ぼくはきみに嘘をついてと頼んだ覚えはないんだけど」

わたしはちゃぶ台を両手でばんと叩き、ハルタの胸ぐらをつかんだ。

「──いい？　あんたは友だちを心配させて、嘘までつかせたの」

ハルタが首を激しく上下にふる。

「文化祭も近いの。そのへん、わかってる？」

ハルタは大きくうなずいた。必死な形相だ。そろそろ首が痛そうだから手を離してあげることにする。ハルタは腰が砕けたように座りこみ、ようやく顔に反省の色を浮かべた。

「……そういえばチカちゃん、文化祭の実行委員だったよね？」

「こう見えても忙しいのよ。あー、忙しい、忙しい。で、学校くるの？　こないの？　どっち？」

ハルタは目を落としたまま黙っている。

「十代のうちに恥はいっぱいかけって」

あぐらをかいて投げやりにいうと、ハルタは鼻先を殴られたような表情で顔を上げた。

「身も蓋もない」

「なんか文句ある？」

ハルタはなにかいおうとした口を閉じた。迷っている様子にとれた。考えてみればかわいそうだった。わたしがハルタと同じ立場だったら、再び学校に行けるかどうかわからない。

「あんたに名誉挽回のチャンスをあげる」

「名誉挽回？」

「男をあげるチャンス」

いぶかしげな目を向けられたので、わたしは座りなおして真面目につづける。

「文化祭が中止に追いこまれそうなのよ」

「へえ」ハルタはきょとんとしていた。「それはまた、どうして？」

「掲示板に脅迫状が貼られたの」

ハルタは動じなかった。「先輩の話だと、毎年あるみたいじゃないか」

「一昨年からよ。手口はずっと同じ。わら半紙に新聞の文字を切りぬきにして、拡大コピーして貼るの。要求を呑まなければ屋台の食べものに毒を盛るって」

屋台でガスコンロの使用は禁止されているが、電気プレートなら申請すれば許可が下りる。電源の数に限りがあるから早い者勝ちだ。

「確か去年は――」

「クレープ」

「一昨年は？」

「たこ焼き」

「で、今年は？」

「やきそば」

うぷぷ、とハルタが笑いをこらえている。「じゃあきくけど今年の要求はなんなの?」

「教頭のかつらよ。学校の史上最大のタブーに職員室はかつてない緊張感に包まれてるわ」

つまりそういう悪ふざけだ。

「……チカちゃん。どこの学校にもどうしようもないバカがいて、そのバカがバカなことをして楽しんでいるんだ。毎年、脅迫状のネタを考えるやつもそのバカのひとりなんだよ。いやあ、まったく素晴らしいバカだ」

「あのね。毎年なにも起きないし、だれかのいたずらだってことはわかってるの」

おもしろがるハルタの言葉を切り、わたしはつづけた。

「世の中にはどうしようもないバカが本当にいて、文化祭や体育祭を中止しないと自殺する、生徒を殺す、なんて電話があったり、メールを送りつけられたりする学校だってあるの。そんな予告を受けた学校の大半は中止や延期に追いこまれてる。学校の生徒はみんな悔しい思いをしたと思う。わたしたちの文化祭に毎年脅迫状を出すバカも程度は違えど同類よ。単なる嫌がらせや冗談だとわかってても、先生やわたしたちは真面目に、我慢して受けとめて対応してる。みんなの文化祭をつぶさないよう努力してるの」

「でもさ」

ハルタが付きあってられないよ、というジェスチャーをして反論しようとする。しかし、言葉はそれ以上つづかなかった。たぶん、わたしの顔を直視したからだろう。わたしは不覚にも目に悔し涙を浮かべそうになっていた。

ハルタが静かに息を吸いこむ気配が伝わった。

「……ふうん。今年は本気なの？」

わたしはこくりと返した。「ほら。覚えてる？　文化祭の準備で見た化学部の展示。ハルタが飛行石みたいだって、ほしがった結晶があったじゃない」

飛行石は『天空の城ラピュタ』というハルタが好きなアニメ映画に出てくる空に浮かぶ力を持つ宝石のことだ。それに似た透明で美しい青色の結晶は、化学部でも人気があって、毎年大きな結晶づくりに挑戦している。いわば恒例の展示物だった。

「あれがどうかしたの？」

「なくなったみたいなの」

「なくなったって、あれは確か」

「硫酸銅の結晶」

ハルタが呆気にとられていた。

「劇薬だ」

わたしは目を伏せてうなずく。「昨日の放課後、監視役の生徒がいったん理科室から出て、五分くらい目を離した隙になくなってたみたいなの。いま、実行委員のみんなで必死に捜してる」

そして、生唾を呑んでつづけた。「……まだ、先生には黙ってるの」

「もし劇薬の盗難なら、すぐ先生に知らせて警察に届けないと」

わたしは口元に弱々しい笑みを浮かべ、

「はは。そんなことしたら、文化祭が中止になっちゃうじゃない」

「正気か？　チカちゃん！」

「ごめん」しおれた花みたいにうなだれた。「わたしもみんなもどうかしてる。本当は怖いの。どうしていいのかわからなくて、どうにもならないところまで追いこまれてるの」

絶句したまま硬直しているハルタを上目遣いで見て、沈んだ声を出した。

「……ねえ。助けてよ、ハルタ」

2

どうしてハルタを頼りにしてしまうんだろう？

いつも思う。

ハルタとは小学校に上がるまで家が隣同士の幼なじみだ。わたしたちふたりの再会は高校に入学した今年の春にさかのぼる。あの頃のわたしはひとつの決意を胸に秘めていた。憎たらしいほどショートヘアとズボンが似合っていた中学時代と決別して、女の子らしい部活に入ろうと決めていたのだ。年中無休、二十四時間営業の日本企業のようだったバレーボール部に未練はなかった。だいたいプロスポーツにさえシーズンオフがあるのに、あれはどう考えても腹立たしい。それで中学のときから密かに憧れていた吹奏楽部の門を叩いたのだ。吹奏楽。素敵だと思う。クラシック音楽のようなハードルの高さはないし、なにより音楽のジャンルは問わない。ジャズだって歌謡曲だってできる。管楽器なら高校からはじめてもそれなりに音は出せるだろうし、まだ、わたしにも間にあう気がした。

入学当初からヘビのようにしつこかった女子バレーボール部の勧誘は、おばあちゃんを必死に説得して買ってもらったフルートを昔話の「三枚のお札」の魔よけのお札のように見せつけて、なんとかふりきっていた。

しかし、入部届を出そうとしたときに悲劇が襲った。部長が気まずそうに今年の卒業アルバムの写真を見せてくれた。写っていた部員は七人。え？　うち四人が卒業。え、え？　残ったのはたった三人の二年生。えええええ！　おまけに顧問の先生が転任して、廃部の危機に立たされていた。

そのとき、わたしの顔から血の気が引いた。女子バレーボール部の先輩たちがハイタッチをしていた。わたしの背後で「うへえ」という間の抜けた声が聞こえた。アルバムをのぞき見する新入生の男子がいたのだ。

それが、九年ぶりに再会してホルン吹きとなっていたハルタだった。

トントンカンカンと鉄を叩く音が聞こえる。

わたしはリズムを取りながらぼうっと見あげていた。校舎の正門で、ベニヤ合板と工事現場の足場を組みあわせてゲートづくりがはじまっている。

文化祭まであと三日。今日から授業は午前中だけになり、午後から文化祭の準備にあてられる。中庭で着々と完成に近づいていく巨大モニュメント、彩り豊かな校舎の飾りつけや横断幕、ぺたぺたと貼られていくポスター、毎日すこしずつ変化する学校の雰囲気によって生徒たちの期待はふくらんでいる……と思いたい。

わたしたち実行委員の表情はみんな、世界の終わりの日みたいに暗かった。

「チカぁ」

刷りあがったばかりのパンフレットを抱え、同じ実行委員の希がやってきた。希はペン画部の同級生で漫画を描くのがとてもうまい。実行委員は文化部から一名ずつ選出され、やることは雑用だが結束はかたい。

「今朝はごめんね」希がわたしの制服の袖をつかんできた。「みんなの手伝いができなくて」

「パンフレット、今日が締め切りだったんでしょ？」

「でも」と、希は寝不足で腫れぼったい目をしょぼしょぼさせる。

朝の六時、実行委員のメンバーと化学部の部員は校舎に集結した。もう一度念を入れてなくなった硫酸銅の結晶を捜すためだ。大きめのガラス瓶に入った青色の結晶はけっこう目立つ。だれかが出来心で持ちだして、扱いに困ってどこかに捨ててしまったのかもしれない。実験室、教室のベランダ、焼却炉、分別ゴミの廃棄物入れなど、考えつく限りの場所を捜しまわった。

「やっぱ盗まれたのかな」希がぽつりとつぶやく。押しだまるわたしに不安を抱いたようだ。とまらなくなる。「ぜったい新聞沙汰になるよね。そうなったら中止だよね」

それ以前に最悪のケースとして硫酸銅が犯罪に悪用される可能性があるのだ。わたしはまぶたを閉じた。あの毎年恒例のばかげた脅迫状をはじめて恨んだ。いったいなんの目的で……

「チカ、ごめんね」

希の声に我に返る。

「警察に届けるっていったチカを引きとめたのは、私たちなのに」

実は硫酸銅の結晶の紛失が発覚したとき、実行委員はふたつに分かれた。まっさきに先生に報告して警察に届けるべきだと主張したのはわたしだ。ハルタにいわれるまでもない。しかし、結局、反対派の希たちにおされる結果となった。反対派はこの学校の生徒の良心を信じている。先生への報告を一日二日遅らせ、その間に解決できなければ責任をとると、反対派のだれかが声高にいっていた。でも、責任なんていったいどうとるのだろう。軽々しくいっていい言葉だろうか。もう後戻りできないところまできている気がする。

「今日中に見つからなかったら警察に届けるんでしょ？」

昇降口に向かう途中、希がしきりにきいてくるので「うん」と返した。

「最後まであきらめないよね」

今度は力なく「……うん」と濁す。

「みんなの力で、なんとかするんだよね」

なんとかする。むなしく響く言葉だと実感した。そういって本当になんとかするひとはなかなかいない。この学校でわたしの知る限り、ふたりをのぞいて——

「藤本くんの様子、どうだった？」

希にきいてみた。藤本くんとは化学部の同級生で白衣が似合う秀才だ。硫酸銅の結晶を紛失させてしまった当事者でもあり、希は彼に片想いをしている。

「それがね……。ヤケクソになって薬品でパイづくりに挑戦している。パイを売るんだって。大きなパイが好きなんだって。うわーん」

なんだかよくわからないが、彼の重圧は限界まで達しているようだ。それくらいは当然の報いだ。よしよしと希の頭をなで、ため息をついたときだった。

「おおぉい。穂村さん」

遠くからわたしの苗字を呼ぶ声がした。その声にどきっとしてふりむく。

草壁先生が手をあげて近づいてきた。音楽担当としてはめずらしい若手の男性教師で、教え方が上手だし、生徒からは男女ともに人気がある。今年わたしたちの高校に着任して吹奏楽部の顧問を快く引きうけてくれた先生だ。草壁先生とわたしは夏休みまで部員集めに奔走した。ついでにハルタも。

ふと見ると先生の隣に背の低い女子がいた。見覚えがある。確か生物部の同級生だった。

「ちょうどよかった」

草壁先生は希にも顔を向けた。黒縁眼鏡がとても似合う。

「ほら。昨日、生物部でスズメ泥棒騒ぎがあっただろう？　あれが解決したんだ。実行委員のみんなには迷惑かけたね」

わたしはぽかんとした。そんなことがあったなんてすっかり忘れていた。

「はあぁ」希が長い息を吐く。「いろんなものが盗まれて——」

わたしは慌てて希の口をふさぐ。

「なんだい？」と、草壁先生。

「なんでもないです！」

思わず大声で叫んでしまい、あわわと顔を赤くしてうつむいた。沈黙のあと、草壁先生が静かに口を開く気配を頭上で感じとった。

「文化祭の準備とはいえ、教室や部室を開放しているところが多いんだ」

希がびくびくしている。

「貴重品や機材の管理にも隙ができてしまうのかもしれない」

今度はわたしの背筋が冷たくなる。

「トラブルが起きてからでは遅いから、今日から校内放送で注意をうながしておくよ。きみたち実行委員も念のため、各部に通達をまわしてくれないかな」

わたしは「はい……」と、返事をした。草壁先生のそばに立つ生物部の部員に目をとめる。スズメ泥棒騒ぎで草壁先生を頼ったのだろうか。だとしたらその気持ちはよくわかる。草壁先生は一年目の新人教師だけど、わたしたち吹奏楽部のメンバー含め、一部の生徒から絶大な支持を受けている。

草壁先生をずっとそばで見てきたわたしにはわかる。若いからという理由で、意地の悪い学年主任や年輩の先生に、学校行事にかかわるさまざまな雑用をまわされているが、それをこなしながらも教頭や校長にきちんと意見をいっている。聞いたところでは学生時代に東京国際音楽コンクール指揮部門で二位の受賞歴があって、国際的な指揮者として将来を嘱望されていたらしい。それがどうしてこの学校の教職についたのか謎に包まれている。でも、わたしには謎なんてどうでもよかった。草壁先生はそんなすごい経歴を持ちながらも、おごりや尊大さのかけらも持たない。難しいことはいわず、わたしたちの目線に合わせて、わかりやすい言葉で話してくれる。たぶん指揮者を目指していたときも楽団員からの人望は厚かったんだと思う。

「それにしてもよかったよ。上条くんが学校にきてくれて」

草壁先生がいい、わたしは現実に引きもどされた。上条はハルタの苗字だ。

「ハルタは？」

「さっき会って同じ話をしたばかりだよ。いまごろ音楽室でみんなと文化祭で発表するストンプの練習をしているんじゃないかな。穂村さんもあとから顔を出すといい」

「そうします」

いったん踵を返した草壁先生がふりむいてきた。なにかに気づいた様子でわたしを見つめてくる。

「もしかして、なにか問題ごとでも抱えているのかい？」

「え」

「いや。昨日から穂村さんも含めて、実行委員の様子が慌ただしいようだから」

じわっと涙がでそうになった。ああ。やっぱりだめだ。

「え、あの。実は……」

希が慌てて背を伸ばし、わたしの口をふさいでくる。ふたりでとんだ醜態をさらした。草壁先生がくすりと笑い、「きみたちは仲がいいね」と、生物部の一年生と職員室のほうへ去っていった。

わたしは草壁先生の背中をぼうっと眺めた。わたしと歳が十離れている。

「……そんなに好きだったら思いきって告白すればいいのに」

希の声が後ろから聞こえてきて、焦ってふりかえる。

「私はチカの応援をするよ。いまどき先生と生徒が付きあうなんて、少女漫画でもネタにできないくらい、めずらしくもなんともないし」

「だって」声が裏返りそうになった。実際裏返った。「ライバルがいるもん」

「ライバル？」希は不思議そうな顔をした。「まあ草壁先生レベルなら……ライバルはたくさんいるだろうけど、たぶんチカだったら楽勝だよ。かわいいし、スタイルだっていいし」

「だめ。ぜったいだめ。ちゃんと協定を結んでいるんだから」

「きょうてい？」

「お互い抜け駆けしない」

「ふーん」希はわかっているようなわかっていないような、気の抜けた返事をした。「変なの」

どうも希とこの話をすると噛みあわない。仕方がないことだった。わたしは昇降口で希と別れるとハルタがいる音楽室を目指した。ハルタは一週間ぶりの登校だが、クラスのみんなは以前とまったく変わらずに受けいれてくれた。わたしの裏工作が功を奏したわけだ。

音楽室は校舎の四階にある。階段を上がって近づくと、ほうきの柄で椅子を軽快に叩く音や、バケツやペットボトルを乱打する音が聞こえた。……すごい。昨日よりみんなの息が合っている。

「うはは」

ハルタの下品な笑い声がした。

引き戸を開いてのぞくと、ハルタを中心に吹奏楽部のメンバー八人が集結していた。ストンプは机やほうきなど身近にあるものを打楽器にしたアンサンブルだ。鍵盤式アコーディオンを主旋律にして、メンバー全員が軽快なリズムを生みだし、ハルタがドラム缶でリードしている。

わたしは思わず聴きいった。いつの間にかリズムを取る自分に気づく。やがて演奏は終了し、メンバーのどっと吐きおろす息が音楽室にあふれた。

「チカちゃん」中心にいるハルタが白い歯を見せた。「残念ながら、きみのいる場所はないよ」

わたしはハルタの耳をちぎれるほど引っぱって音楽室から出た。

3

いてててて。

ハルタの耳を引っぱったまま隣の準備室に入り、部屋が揺れるほど乱暴に扉を閉める。

「なによ。やる気まんまんじゃないの」

しばらくハルタは涙目になってうずくまっていたが、「……やっぱり文化祭は楽しみだな」と、立ちあがり、真顔になってつづけた。「だんだんつぶすのが惜しくなってきたよ」

その言葉を聞いて、わたしは準備室の隅でぺたんと腰をおろす。

「どうすればいい？　ハルタ」

「昨日話してくれた結晶紛失のことだね。今朝の成果は？」

わたしは力なく首を横にふる。見つかりませんでした。

「やっぱり学校内のだれかが校外に持ちさったということか」ハルタは木琴をコンと鳴らしてつづけた。「化学部の部員が目を離したのはほんの五分くらいだよね？」

「そうだけど」

「だったら出来心や偶然が重なったというよりは、その隙をねらって持ちさったと考えるほうが自然だ。つまり犯人は計画的にあの結晶を盗んだことになる」

普通に考えればわかることなのだ。なのに、そのことはなるべく考えずに避けてきた。どうか出来心や偶然であってほしい——みんなのその思いが先生への報告と警察への通報を遅らせ、今日まで右往左往する羽目になった。

「あーあ。よりによってあの結晶を盗むなんてどうかしてるよ。化学部の部長が愛称までつけて大切に育てていた青カビを盗んだほうが、ずっと健康的なのに」

ハルタの言葉を無視して、

「あの脅迫状、本気なのかな？」

「チカちゃんはどう思う？」

逆に問いかえされたので、わたしは頭をめぐらせた。

「……新聞の文字を切りぬいて、わざわざ拡大コピーして掲示板に貼ってあるのよ。要求もふざけてる。パソコンがない時代ならともかく、いまどきあんな手間ひまかけたパフォーマンスをするのは、単なるウケねらいとしか思えない」

「ぼくたちの世代なら、ああいうひどく古めかしい形のほうが雰囲気があっておもしろいんだよ。だいたい本気で文化祭をつぶしたいのなら、筆跡がばれないよう定規を使って書くか、校長か教頭宛てに送りつけるか、チカちゃんが昨日いった通り直接メールか電話をする」

ふむふむ。確かにそうかも。

「あの脅迫状は今年で三回目。なぜ三回目になって脅迫内容の実現をほのめかすような凶行に出たのか、そこがさっぱりわからない。それに劇薬盗難なら、社会的な影響が大きいから警察は窃盗容疑として真剣に捜査するよ。教頭のかつらじゃ、あまりにも割が合わない」

わたしは考えた。「あの脅迫状と結晶泥棒が別の事件といいたいの？」

「別の事件さ。でも、完全に別とはいいきれない」

ハルタが思わせぶりにいう。わたしを試しているのだとわかった。ううう。燃えてきた。こいつにだけは負けたくない。

あの脅迫状は今年で三回目――ハルタの言葉を繰りかえし考えてみる。つまり三年間、同じ手口が使われたのだから、脅迫状の犯人はこの学校の三年生とみていい。しかし、三年生のクラスは全部で八つ。二百五十人を超える。その中から、あてもなく捜すのは到底無理だ。

「チカちゃん。なにぶつぶついっているの？」

「うるさいっ」

ハルタはキャンキャン吠えるスピッツを軽くあしらうようなしぐさをして、

「なんというか、ふたつの事件はおかしな部分でつながっている気がするんだけどな」

「……おかしな部分って？」

「ここ一日二日のチカちゃんたちの行動を聞いていると、とくにそう思える。いいかい？　何度もいうけど、今回は劇薬盗難の可能性があるんだ。起きた時点でさっさと先生に報告して警察に通報するべきなんだ」

「だからそれは」

いいかけてはっとした。待てよ。実行委員の中でだれが最初に先生への報告を引きとめたのだろう？　反対したメンバーは半分近くいた。中にはこの学校の生徒の良心を信じているメンバーもいるけれど、決してそうでないメンバーがいるとしたら――。だんだん事件の全容が見えてきた気がした。

「ハルタ。なにか書くものちょうだい」

ハルタが無言でポケットを探る。出てきたのは小指の第一関節ほどまで短くなった鉛筆だった。ぜったい嫌がらせだ。

わたしは上履きの足跡がついた五線紙を拾いあげると、ちびた鉛筆で器用に書きはじめた。この学校には運動部が十八、文化部が二十ある。文化祭の実行委員は、その二十ある文化部から一名ずつ選出されている。

フラワーアレンジメント愛好会
マジック同好会
鉄道研究会
天体観測部
家庭部

「へえ……」のぞきこむハルタがつぶやく。「マイナーな文化部ばかり書いて、これからなにをはじめるつもりなの？」

「先生への報告を引きとめた文化部の中で、三年生が実行委員を務めてるのがこれなの」

「つづけて」と、ハルタ。

「この中の実行委員に脅迫状を書いた犯人がいるなら、本当に脅迫状通りに実行に移すひとがいると知って驚いたと思うの。本人はウケねらいのつもりで毎年貼っていたのに、警察に通報されたらただのいたずらがいたずらで済まされなくなる。関係がないとあとからいくらわかっても問題視されちゃうじゃない」

「だから先生への報告を引きとめたと？」

わたしは力強くうなずいた。「たぶん脅迫状を書いた犯人は、結晶泥棒に心あたりがあるのよ。一日二日で見つけられる自信があった」

「なるほど。仮説だけどつじつまは合う」と、ハルタが感心する。

「ね？　これからこの五つの文化部の実行委員をあたっていけば、おのずと今回の事件は芋づる式に解決するってわけ」

ハルタが難しい顔をしていた。その反応にむっとした。

「なによ。わたしの考えに文句ある？」

「文句はないよ。だけど」

「だけど？」

「その肝心な脅迫状の主がまだ、見つからない状況なんでしょ？」ハルタはそういって腕時計を袖口から出した。「今日の放課後が警察に通報するタイムリミットなら、あと三時間くらいしかない」

「だからがんばるんじゃないの」

「チカちゃんの仮説なら、いまごろ脅迫状の主は結晶泥棒を必死に捜している。もしかしたら追いつめられて騒ぎを起こしている頃かもしれない」

あ――。文化祭準備のトラブルを懸念していた草壁先生の顔が思いうかんだ。まずい。草壁先生にだけは迷惑をかけたくない。

「行くわよ、ハルタ」

わたしは嫌がるハルタの腕を無理やり引っぱり、準備室から出た。

「なんでぼくが」と、ハルタが首をまわす。「ああっ。ぼくが大事に育てた鉛筆が転がっていく……」

「あとにしなさいっ」

わたしとハルタは急いで階段を下りて旧校舎に向かった。一階に文化部の部室がかたまっている。まずはフラワーアレンジメント愛好会から訪問しようとしたとき、通りすぎたペン画部の部室から叫び声が聞こえた。よく見るとペン画部の部員が廊下に出て、心配そうに窓をのぞいている。

ハルタが部室をひょいとのぞく。

「ビンゴだ」

わたしものぞいた。部室にマジック同好会の実行委員の三年生がいた。彼は大声をあげて希を一方的に責めたてている。

わたしはその場に立ちすくんだ。

うそ。まさか。希が結晶泥棒？――

4

「チカっ」

希が泣きそうな顔になって、わたしにしがみついてきた。

部室の中央に立つのはマジック同好会の小泉さんだった。邪魔が入ったとばかりに舌打ちしている。だいぶ荒れていた様子だ。

ハルタがそそくさと、わたしたちを守るように一歩前に出た。

「なにがあったのか教えてくれませんか、先輩？」

静かで落ちついた声だった。普段いわれない先輩という言葉に自尊心をくすぐられたのか、小泉さんは顔を背け、

「関係ないだろ」

と、さっきまでの剣幕が嘘のようにつぶやいた。

「このままだとギャラリーが先生に知らせに行きますよ」

ハルタが廊下側に目を向けた。小泉さんも顔を向けると、窓から顔を出していた部員がいっせいに引っこんだ。薄情者め。

小泉さんはわたしの背中に隠れる希を睨みつけると、

「……おい。硫酸銅の結晶を早く出せよ。大変なことになるぞ」

「私、あんな怖いもの盗んでないもん」と、希。

「嘘つくな」

「本当だもんっ」

「あの」さっきから希に盾にされているわたしは口をはさんだ。「話がよく見えないんですけど」

小泉さんはいいづらそうに押し黙った。希は希ですっかり怯えている。

「脅迫状を貼ったの、先輩ですか？」

ハルタの躊躇ない言葉が部室に響いた。小泉さんはすこし驚いた顔をしたが、

「ああ。そうだよ」

と、あっさり認めた。

わたしと希が絶句する。気が動転したわたしの次の一言、「逮捕する」

「おいおい待てよ」小泉さんが慌てていい訳する。「あんなの冗談に決まっているじゃないか。学校のみんなも本気にしてないし、それどころか毎年期待してくれているんだ。だいたいあの紙をあぶりだすと、『マジック同好会よろしく』って文字が浮きでてくるのを知らないのか？」

「知るわけないでしょっ、そんなもんっ」わたしは思わず声を荒らげた。

しかし、「そうですか」と、妙に納得したのはハルタだった。「ぼくもあれが冗談だと信じていましたよ。まあ、度は過ぎていましたけど……。ですが先輩がさっきいった言葉は冗談には聞こ

えませんでした」

小泉さんが希をちらりと見る。「彼女を結晶泥棒あつかいしたことか？」

「いえ」ハルタは否定した。「大変なことになるといったことです。教えてください。文化祭が中止になったら、なにが大変になるんですか？」

わたしはハルタを見つめた。話が思わぬ方向に進んでいる。ハルタはいったいなにを聞きたいんだろう？

小泉さんがにぎり拳をつくる。なにかに耐えている様子で、やがてその顔に苦渋の色が広がった。

「今年の文化祭が中止されたら、廃部の危機にある文化部があるんだよ」

「やっぱりそうだったんですか。それはもしかしてフラワーアレンジメント愛好会、マジック同好会、鉄道研究会、天体観測部、家庭部ではありませんか？」

え？——全部わたしが五線紙に並べた文化部だった。

「おまえ、よくわかっているな」小泉さんはハルタを見直すようにいった。「その通りだよ。文化部の部員減少は昔からどこも悩みのタネだったんだが、ここ最近の帰宅部増大がさらに拍車をかけているんだ。おかげで一年生、二年生がぽっかり空いてしまう『歯抜け』の現象が起きているんだよ。とくに二年生の歯抜けが起こると一年生がリーダーをやらざるを得なくなって、その部活はレベルダウンしてしまうことが多いんだ」

「ちょっと待ってください」話についていけないわたしはさえぎった。「部員の数がすくないくらいで、そう簡単に廃部にならないと思います。どこの文化部だってそうですし、学校だってそれだけでそんなひどい処置はとらないと思います」

だれだ、この脳みそがぽっかぽかに温かい女は？——と、小泉さん。

ぼくの友だちです。えへへ——と、ハルタ。

ふたりがなにやらアイコンタクトしている。ムカついてきた。

「あの……」と、わたしの背中から、ひかえめな声を出したのは希だった。「もしかしてふたりは大会実績のことをいっているんですか？」

「まあね」ハルタがつづける。「悲しいことに運動部と文化部の予算額は年々差が開いている。もちろんすくないほうが文化部だ。文化部の活動は表に出るような華々しさはないし、運動部と比べて部活動のPRをする機会がすくないからだよ。でも、大会があって全校集会で賞状をもらえる機会があれば別だ。なにも賞状にこだわらなくてもいい。大会に継続参加している実績さえあれば部の存続を訴えやすい」

「そういうことだ」今度は小泉さんが口を開く。「公式大会がない文化部にとっては文化祭が唯一の活動発表の場になるんだよ。発表内容は内容審査が行われて来年の予算獲得に大きく寄与するんだ。予算をすこしでも獲得できれば活動力の低下だけはまぬがれる。たとえ部員が極端にすくなくても、予算獲得が部の存続のための一本の蜘蛛の糸になる可能性だってある」

ハニワのようにぽかんとしていたわたしは、希に小声でたずねた。

「ねえ。希たちはだいじょうぶなの？」

「だいじょうぶって？」

「だって――」と、わたしは廊下にいる部員に目を向けた。ペン画部は希を入れて四人しかいない。

「心配ないわよ。ちゃんと公式大会に参加してるもん」

「公式大会？」

「まんが甲子園」

「……なにそれ？」

わたしたちのやりとりを見ていたハルタと小泉さんがぷっと吹きだした。

「チカちゃん。たかが漫画かもしれないけど、毎年高知県で開催されている公式大会があるんだよ。名だたる新聞社やテレビ局が後援している」

「ペン画部はうまく活路を見つけた部活のひとつだな」と、小泉さんもいう。

「そうなの……」ぜんぜん知らなかった。希はそんなこと一言もいってくれなかった。わたしは
「ごめんね」と、希に謝った。

「生物部はどうですか、先輩？」唐突にハルタが小泉さんにたずねた。

「生物部だと？」小泉さんが面食らった顔をする。

「あそこは三年生の部長が夏休み前に転校して、一年生が三人しか残っていないじゃないですか」

「ああ。あそこの部長と俺は友だちだったよ。やつは去年、日本学生科学賞で中央審査まで進んだ実績を残したんだ。生まれ故郷の沖縄の海を、水槽の中で再現しようとしたんだ。その研究を一年生が引きついで、今年の最終審査を目指している。今回の文化祭の展示の目玉がそれだよ」

「日本学生科学賞……。どこもそうやって活路を見いだしているわけか」と、感心するハルタ。

わたしは小泉さんにたずねる。「じゃあ、さっきハルタがいった五つの文化部は？」

「公式に参加できる大会をまだ、見つけられない部だよ。部員の歯抜けや指導に消極的な顧問にも悩んでいる。存続ぎりぎりの瀬戸際に立たされているんだ。だから、今年の文化祭の発表は夏休みから力を入れてきた。足りない活動費をバイトで埋めている部員だっている。なのに——」

小泉さんが悔しそうに言葉を切る。部室がしんと静まりかえる中、ハルタが口を開いた。

「だれかが先輩の脅迫状を利用して、文化祭を中止させようとしているんですか？　五つの文化部を廃部に追いこむために」

「すくなくとも俺はそう考えている。だったら許せない」

「先輩はだれかに恨みを持たれていることはないですよね？」

「俺には心あたりはないし、マジック同好会のメンバーもそれは同じだ。他の四つの部活の部員も地味だがみんないいやつらばかりだ。ひとから恨みを買うなんて考えられないな」

「ふん。他人の腹の底なんかわからないわよ」わたしは小声で口をはさむ。

「なんだと？」と、小泉さん。「おまえそれでも女子高生か？　井戸端会議が好きなおばさんみたいなことをいうな！」

「まあまあ」と、たしなめるハルタ。「話を戻します。結晶泥棒のメリットは？」

「部活が減れば来年の予算枠もそれだけ増える。それを願っているやつがいると思った。いるとしたら文化部のだれかだ」

「どうしてですか？」

「化学部が硫酸銅の結晶を今年も展示することや、保管場所を知っているのは、文化祭の準備に取りかかっている文化部の人間しかいないと思ったんだよ」

「ペン画部の希さんを疑った理由は？」ハルタの声が一段低くなる。

「今朝、結晶の捜索に参加しなかった」

「それだけ？」

「ああ」

その言葉を聞いてハルタは胸をなでおろしていた。わたしは黙っていることができず、ハルタの背中をどんと押して小泉さんの前に出る。教卓の角にハルタが頭をぶつける音がした。

「ひどい。ひどいじゃないですか。希は文化祭のパンフレットを徹夜でつくっていたんですよ。希だって文化祭の成功を願っているんです。力になりたいと思って寝ずに努力してきたのに、それを、それを」

希が息を呑んで、わたしの制服の裾をにぎってくる。

目を落とした小泉さんはパンフレットを一枚手に取った。「……確かによくできているな」そうつぶやき、小さな声で「疑って悪かった」と謝った。

床に這いつくばっていたハルタが悪い夢から覚めたように起きあがった。なにかを見つけた様子で首をまわし、ふらふらと教室から出ていく。

気づいたわたしは、「希、あとお願い」と、ハルタのあとを追った。

ハルタは廊下の一番奥にいた。頭を冷やすように額を窓にぴたっとくっつけている。

「……ごめん。頭、痛かった？」

「タイムリミットは？」

わたしの声にハルタの声がかぶさる。

「実行委員の打ち合わせが二時間後だけど」

ハルタは黙っていた。その視線をわたしも追った。正門近くに見覚えのある女子生徒の姿があった。重い足枷でも引きずっているように、よろよろとした足どりで正門から出ようとしている。草壁先生と一緒にいた生物部の同級生だった。だいぶ具合が悪そうに思えた。

「あのさ、実行委員のみんなを説得して、先生への報告を明日にしてもらえないかな？」

「え」

「頼むよ」

「たぶんできるけど、どうして？　結晶が確実に戻ってくるの？」

「結晶はもう元の形で戻らない」ハルタが謎めいたことをいう。「ぼくにはわかったよ。結晶泥棒の真相が」

5

午後六時半。わたしはハルタを捜して校舎を歩きまわった。音楽室にかばんがあったから、まだ、帰宅していないことはわかっていた。いまは文化祭の準備期間なので下校時間は普段より一時間延長されている。あと三十分で校舎から出なければならない。

薄暗くなった校舎の二階を歩く。理科室の扉がすこし開いていることに気づき、恐る恐るのぞいてみる。

小柄な人影が長机のひとつに座っていた。ハルタだった。

「ハルタぁ」情けない声を出してしまった。

「あれ？　まだ、帰ってなかったの？」

「なによ」立ちどまった。「心配して損した」

「しっ」と、ハルタは口に人差し指をあてた。「できるだけ声を出さずに七時過ぎまで待つんだ」

「待つとなにがあるの？」近づいたわたしはささやく。

「待てばわかるよ」と、ハルタが意味ありげにささやきかえした。「ちなみにこんなところで、ふたりきりになっているところをだれかに見られたら、ぼくたちは誤解されるだろうけど」

わたしはハルタからすこし離れた。

校舎にわずかに残っていた喧騒も七時に近づくにつれて聞こえなくなり、次第に濃くなる薄闇が理科室を侵食していった。窓からすこしだけ射すグラウンドの照明に救いを覚えた。腕時計に目を落とすと七時を過ぎていた。

ひたひたと廊下の奥から足音が近づいてくるのがわかった。その足音は理科室の前でぴたりととまる。わたしは息を呑んだ。

「——上条くんいますか?」

扉の向こうから聞こえたのは、女子生徒の小声だった。

「いるよ」

ハルタがこたえると、縮こまった影が扉を開けて入ってきた。顔がよく見えず、なにかを大切そうに抱えていた。ステンレス製の水筒に見えた。

声をあげそうになった。草壁先生と一緒にいた生物部の同級生がそこにいた。わたしの存在に気づいた彼女は、はっとした表情で後ずさろうとする。

「逃げなくてもいいよ。ここにいる彼女は乱暴者だけどきみの味方だ」

余計な一言にわたしは顔をゆがめ、なんとか自制心を保つ。

「う、うん。なにもしないから、こっちへおいで」

彼女がうつむきながら一歩ずつ近づいてくる。ハルタが机から下りて手を伸ばすと、彼女は無言でステンレス製の水筒を手わたした。

ハルタは受けとった水筒の蓋をまわした。そして、机の上にあるビーカーを取ると、窓から射すかすかな明かりの中で、そのガラスの容器をかかげて見せた。水筒の中身がとくとくと注がれていく。

「あ――」

青く、美しい透明の液体がビーカーに満たされていった。

わたしは言葉を失った。

「これがあの、硫酸銅の結晶の変わり果てた姿だね？」

ハルタがいうと彼女はこくりとうなずいた。

「硫酸銅の飽和溶液だ。結晶をペットボトルかなにかにいれて、よくふって一日放置しておくとできる。きみはこれを必要としていた」

彼女が黙ってうなずく。肩の震えが大きくなっていた。

「あなた、これが猛毒だって知って盗んだの？」わたしはようやく声を取りもどすことができた。

彼女は口をかたく閉ざしている。辛抱強く待ってもなにもしゃべろうとしない。そんな態度に思わずかっとなり、彼女につめよって肩をつかんだ。

「こたえなさいよ。いったいどういうつもりで猛毒なんか盗んだの？　文化祭が中止になるかならないかで、どれだけみんなが心配したかわかってるの？」

彼女はわあっと泣きだし、そのまま床に伏すように座りこんだ。激しい嗚咽が理科室にこもる。

泣いていちゃわからない……泣いていちゃ……。わたしは茫然とその場に立ちつくした。

「チカちゃん」

ハルタの声にふりかえった。

「ぼくたちから見れば猛毒だけど、彼女から見れば違うものに映るんだ」

「……どういうこと？」

「薬さ。白点病とウーディニウム。硫酸銅の水溶液がこのふたつの病気の特効薬になることは、意外と古くから知られているんだ」

「病気って」わたしはまだ、泣きつづけている彼女を見た。「いったいだれがその病気に？」

「スズメだよ。コバルトスズメ。正式名称はスズメダイ科のルリスズメダイ。瑠璃色の体色が鮮やかな、日本では広く知られている海水熱帯魚だ。沖縄のリーフでは潮溜まりによく群れている。たぶん生物部の部長が残した研究が、コバルトスズメの生態観測なんだろうね」

わたしはハルタを見つめた。

「白点病は観賞魚特有の病気なんだ。初期で一ミリほどの白点があらわれて、放置するとあっという間に全身に広がる。無数の白点でおおいつくされた魚は痛みのために、砂利や流木に盛んに身体をこすりつけるようになる。たぶん彼女は——」

ハルタは持っていたビーカーを長机に置いてつづける。

「そんなコバルトスズメを見るのがつらくて、治してあげようと必死になったんだと思う。それで市販の薬を使った。だけどいっこうによくならなかった。海水魚の白点病と淡水魚の白点病では寄生虫の種類が違って、海水魚用の薬は市場にあまり出まわっていないんだ。世の中には海水魚の白点病によく効く高価な薬もある。その高価な薬が、彼女の手には届かなかった」

「どうして……？」わたしはつぶやいた。

「文化部の生物部は予算がすくない。一年生が三人で、コストがかかる熱帯魚の飼育を維持しているんだ。たぶんお小遣いも使ってきたんだと思う。部長が残した研究をつぶしたくないからだよ。なんとか文化祭に出展して、部の存続のために認めてもらいたかった」

わたしはうずくまる彼女を見た。

「本当なの？」

彼女は下を向いたままうなずいた。やがて、震えがやまない声が届いた。

「硫酸銅のことは知り合いから聞いたんです。化学部が結晶をつくって大切にしていることはわかっていたんです。でもひとつくらいならと思って……」ひっくと嗚咽がもれた。「病気になったコバルトスズメと一緒に黙って持ちかえって……。でも怖くて、結局使うことができなくて……」

「それは」と、ハルタが口をはさんだ。「硫酸銅の水溶液の濃度を間違えると、コバルトスズメを死なせてしまうからだね」

彼女がうなずく。「次の日、私がコバルトスズメを黙って持ちかえったことが大騒ぎになっていたんです。慌てて家に戻って元の水槽に返しました。でも、硫酸銅のことはいえなかったんです。実行委員の友だちから、あれは猛毒で、盗まれたことが問題になっていると聞いたんです。戻したくても溶かしてしまったあとだから、もう元に戻せない……」

わたしは黙って聞きいった。スズメ泥棒。あのときの草壁先生の言葉がよみがえった。

「すみません、すみません」聞いているわたしたちの胸が痛くなるほど、彼女は謝りつづけた。

「ずっとひとりで抱えて、もうどうすることもできなくて、そんなとき上条くんが声をかけてくれたんです」

ふと、彼女は転校した三年生の部長のことを好きだったのではないかと思った。彼が残した研究を必死に守ろうとしている。彼の生まれ故郷の沖縄の海を再現した水槽の世界を、なにがなんでもこの学校に残そうとしている。これって？――

「解決だ」ハルタはそっぽを向き、感情をこめずに吐きすてた。

「でも」わたしにはどうしても胸のつかえがとれない。

ちっと舌を鳴らす音がして、ハルタが財布を取りだした。そして、五百円玉をぴんと指ではじいた。宙でくるくるまわる五百円玉を、わたしは両手で受けとった。

「実行委員のみんなをけしかけてカンパすれば薬代くらいには届くんじゃないの？　きみたち実行委員に彼女を責める資格はないと思うけど」

大切なものを守るために無軌道な行動に出た。それはわたしたちも同じだ。

「――うんっ」わたしはこたえた。「明日の朝、実行委員のみんなに伝えるわ。きっとわかってくれると思う。文句はいわせない」

「チカちゃん、その調子だ」

見あげていた彼女がはなをすすった。拭っても拭っても新しい涙が出てきて床を濡らしている。

「……ほら。早く帰らなきゃ先生に叱られちゃうよ」

わたしは彼女の腕を引いた。一緒に理科室から出ようとしたとき、ハルタがひとり残っていることに気づいた。

ハルタの後ろ姿は窓の外を眺めていた。見つめる視線の先に、つくりかけの文化祭のゲートがあった。

6

文化祭の当日。体育館のステージで演奏の後半のストンプの披露を終えた吹奏楽部にぺちぺちと拍手が送られた。用意した椅子が全部埋まっているわけではないけれど、それは毎年のことみたいだから仕方がない。

わたしは用具を片づけながら客席のほうを向いた。

希が手をふり、マジック同好会の小泉さんがふてくされた表情で小さな拍手を送っている。

ステージの袖で草壁先生が同級生や先輩の女子部員に囲まれていた。うかれた声が聞こえてくる。ふん。まだまだこどもだ。彼女たちの「好き」とわたしの「好き」は次元が違う。先生と一緒に部員集めに奔走して、ずっと先生をそばで見つづけてきたわたしだからいえる「好き」がある。今日の凝った発表も夏休み前だったらとても考えられなかった。その感動を、先生と分かちあえる資格がわたしにはあるのだ。

しかし、誤算があった。

部員集めに奔走して先生を好きになったのはわたしだけではない。もうひとりいる。

ステージから下りたわたしの目が客席の一点をとらえた。生物部のメンバーが全員いた。薬代は実行委員のみんなと噂を聞きつけた文化部の生徒が出しあって二万円も集まった。病気のコバルトスズメは一命を取りとめたという。

あの同級生がぺこりと頭を下げた。祈りを捧げるように、いつまでたっても顔を上げようとしない。

心苦しかった。今回の事件の解決で、わたしが最大の功労者ということになった。おかげでみんなから一目置かれるようになってしまった。

本当の功労者——

わたしはふりむいた。

ハルタがぽうっとした目で草壁先生を眺めている。心ここにあらず、といった感じだ。

いま考えれば登校拒否をした前日のハルタの態度は立派だったと思う。クラスのみんなにはやされても、一言もいい訳や否定をしなかった。ただ黙ってうつむき、立っているだけだった。

わたしにはできない。

ハルタは男だけれど、ときどき先生を盗られてしまうんじゃないかと不安になるときがある。そんなことはぜったいないけれど——ないと信じたいけれど……怖い想像をして夜も眠れないときがある。

思わず鳥肌が立った。想像を絶する三角関係だ。ぜったいに認めたくないけれど、ハルタならなぜか許せてしまうときがある。

ハルタはわたしの最大のライバルなのだから。

クロスキューブ

冬きたりなば春遠からじ。

中学時代の恩師が教えてくれた言葉だ。わたしはずっと日本のことわざだと思っていた。間違いを指摘してくれたのは幼なじみのハルタだ。牛乳パックのストローをくわえながら、「いいんじゃない、それで？」と、投げやりな口調でいわれた。なんだかムカついたので首を絞めたら、「イギリスの詩人、シェリーの『西風に寄せる歌』の一節だよ」と、涙目で説明してくれた。ふうん。意外だった。なかなか素敵な詩人じゃない。わたしが感心すると、「奇行と奇癖があいまって、放送禁止用語級の渾名をつけられたひとなんだけどな」と、ハルタがぼやいた。思い出を汚された気がした。シェリーさんにではなくハルタにだ。

たとえシェリーさんが×××だとしても、詩が素敵ならそれでいいじゃないか。耐え忍ぶ寒い冬がきたということは、暖かい春がくるのも遠くない。いまたとえ不幸でつらくても、それを耐えぬけば前途に明るい未来と希望が待っている。そう信じる気持ち、大切にしたいな。

でも、中には不幸を盾にして身動きできないひともいる。厳しい冬の寒さの中、凍えた息を吐くだけで精一杯のひと……。わたしだってわかっている。人間は言葉でいうほど強くない。

そういうひとは、どうすればいいの?

どうやって背中を押してあげたらいいの?

ねえ教えてよ、ハルタ。

1

わたしの名前は穂村千夏。高校一年の恋多き乙女だ。キュートガールでもいい。とにかくそういわせてほしい。中学時代は年中無休、二十四時間営業の日本企業のような苛烈なバレーボール部に所属していた。高校入学を機に女の子らしい部活に入ろうと心に決め、右往左往の末、無事吹奏楽部に落ちつくことができた。いまは入学祝いにおばあちゃんに買ってもらったフルートを大切にしながら一生懸命練習に励んでいる。

文化祭の余韻からさめた十一月上旬、冬のはじまりにそれは起きた。

学校で突如ルービックキューブが流行りだしたのだ。

ルービックキューブについて一応説明しておく。ハンガリーの建築学者エルノー・ルービックが考案した立方体パズルで、三×三×三の立方体をある面に平行に回転させて白・青・赤・橙・緑・黄の六面をそろえれば完成だ。回転させるときのぐりぐり感がいい。単純にまわすだけだったり、一面だけそろえるのなら結構なストレス解消にもなる。わたしのお母さんが高校生一九八〇年代の頃に大ブームになり、いかに速く六面をそろえるかを競う大会も全国各地で催されたという。まだ、携帯電話が普及していない時代の話だ。

発端はわたしが所属する吹奏楽部だった。

二年生の先輩がバザーで売れのこったルービックキューブを部室に持ってきて、机の上にコロンと転がした。すくない部員たちがわらわらと集まる。

未開の部族が空から落ちてきたコーラ瓶を、

じっと見つめるような光景だった。勇気ある先輩のひとりが手に取り、ぐりぐりまわしはじめる。一面の色がそろうと、おおっという歓喜が湧き、僕も私もと次々と手が伸びて、こどもじみた取りあいがはじまった。

翌日、一個が三個に増えた。なんのことはない。街にある大型書店の片隅でひっそり販売されていたのだ。四半世紀も前に流行ったパズルは、健気にも自分の居場所を見つけて息づいていたわけだ。

練習の合間を縫って部員たちはぐりぐり、ぐりぐりとキューブをまわしはじめるようになった。どうやら授業の休み時間にも渡しあってチャレンジしているらしい。みんな研究熱心でフィンガーショートカットとか、レイヤーバイレイヤー方式とか、エフツーエルとか、いったいどこで仕入れたのかそんな専門用語を真剣に交わしあっていた。

一週間後、三個が七個に増えていた。うそ？　しかも、合唱部と演劇部のみんなも持ちあるいている。形や大きさやキャラクターの絵柄などいろいろ種類があるようで自慢げに見せあっていた。もしかしてこういうパズルってクレバーな印象をひとに与えるのかもしれない。色もカラフルだし、見ようによってはおしゃれにも映る。キューブって呼び方、かっこいいじゃん？　まあ確かに学校やバスや電車の中で黙々と携帯電話とにらめっこしているよりは、健康的ですがしい気もするが……

さらにその数日後、校舎のあちこちでキューブを見かけるようになり、受験勉強で疲れている三年生たちまでうっとり手にする姿を見て、わたしは目まいを感じた。

噂に聞くと街で大量に安売りしている奇特な店が見つかって、そこに生徒が押しかけたという。

ううん、なるほど。吹奏楽部という少数グループで正当に評価されたものが、そうやって狭い校舎の中で急速な普及の道をたどったわけか。わたしはブームが生まれて超短期で定着するまでのプロセスを体感した。廊下や中庭や屋上でぐりぐり、ぐりぐりとカラフルなキューブをまわす光景は、ある意味この現代社会ではなく、ファンタジックな世界に迷いこんだような錯覚におちいらせた。

しかし、どんなブームでも衰退の兆しは必ずおとずれる。わたしの学校に置きかえると、発端である吹奏楽部の部員たちが飽きてしまった頃だった。実際一か月もすればみんな飽きはじめ、次の刺激を探していた。

そんなとき真打ちが登場した。ブームのピークと衰退は発端である吹奏楽部が決めるといいたげに、自らスターと名のりを上げたばかがいたのだ。

ホルン奏者の上条春太だった。

ハルタの紹介をしておこう。六歳まで家が隣同士で、その後離れ離れになり、高校で再会を果たした幼なじみだ。童顔で背が低いことを気にしているが、女のわたしが心から切望したパーツをすべて持って生まれている。さらさらの髪にきめ細かい白い肌、二重まぶたに長いまつ毛。中性的な顔立ちのハルタは女子からかわいいといわれると不機嫌になり、無理して硬派な一面を見せようとするが、それがかえって隠れファンを増殖させる結果となっている。

しかし、だまされてはいけない。彼にはとびっきりの秘密がある。その秘密のために不登校になりかけたところを救ったのはわたしだ。

で、ハルタはキューブを、ものの三十秒で六面そろえてしまった。

これにはさすがに目の肥えた吹奏楽部の部員たちも騒然とした。しかし、わたしは冷めた目で眺めていた。練習が終わるとまっすぐ家に帰り、ここぞ部屋に閉じこもってなにをやっているかと思えば、これか。早朝の四時過ぎまで部屋の明かりがついていた噂は、このことか。

ハルタは一秒、コンマ秒単位でタイムを縮めていく。噂はあっという間に広まり、合唱部、マジック同好会、ペン画部、生物部、挙げ句の果てには三年生と帰宅部の生徒まで巻きこんで、よせばいいのに、ハルタの思惑通りの勝負が挑まれるようになった。ハルタには腕立て伏せ三十回、バットを額につけてぐるぐるまわる、リコーダーで『G線上のアリア』を吹いてからはじめるなど、さまざまなハンデが与えられた。

スピードキュービストのハルタ。

その異名通り、ハルタは学校の頂点に君臨した。キュービストとは六面完成できるひとの正式な総称で、完成まで三十秒を切る強者にはスピードの冠が与えられる。以来、ときどき音楽室から「だめだ。こんなもんじゃ世界一になれない」と嘆く声、そして、みんなの励ます声がした。ちなみに公式の世界記録は七・〇八秒。そんなのぜったい無理だ。みんな頼むから真面目に吹奏楽の練習しようよ。

わたしは気に入らない。ハルタが次々と完成させていくキューブを腹立ち紛れに崩した。ハルタはめげずに完成させていく。わたしはそれを崩す。やがてコツを覚え、ものの十秒、二十手くらいで完全に崩せるようになった。それができたとき、みんなから恐れとあこがれの眼差しを向けられていることに気づいた。

スクランブラーのチカ。

わたしに与えられた異名だ。スクランブルとは六面そろったキューブをぐちゃぐちゃに崩すことで、公式大会ではスクランブラーと呼ばれる立派な専属員がいるらしい。ああ、とうとうわたしまで仲間入りしてしまった。

ぐりぐり、ぐりぐり。

ぐりぐり。

どんなに楽しくても盛りあがっていても、ブームというものはいずれ沈静化する運命にある。砂漠に降ったスコールのようなものだ。わかっていたことだが、校舎で見慣れた光景もじょじょに減っていき、いざ目の当たりにしてみると、六色の宝石が消えていくようでさびしくもあった。

ブームは発端と広がり方が無節操であればあるほど、無慚な亡きがらをさらして見向きもされなくなる。それは最悪の終息だ。わたしのお母さんはいまでもエリのついた不気味なトカゲ（エリマキトカゲのことです）や、エラにつくしを生やしたような怪奇イモリ（ウーパールーパーのことですよ）の写真を遺影のようにアルバムに貼りつけている。しかし、わたしの学校のキューブに関しては、自ら盛りあげたハルタの手によって、特別な終息の舞台が用意された。

キューブ人気が下火になったある日――

わたしの学校は中庭から正門につづく通路に木立が並び、木陰のベンチが憩いの場となっている。放課後、部活の練習がはじまる前、ハルタはいつもの指定席に陣取っていた。頭を冷やしたいからという理由だ。

下校途中の生徒がちらちらとハルタに目をやる。ハルタは背を丸め、手袋をはめ、白い息を吐きながら黙々とキューブをまわしていた。これはこれで一部の女子には絵になる光景だが、すこし様子が違う。

ハルタはため息をつき、憂鬱な表情を浮かべ、ときに顔を苦痛にゆがめていた。キューブに関心を示さなくなっていた生徒もこれには注目していた。はじめて見るひとなら必ず足をとめるだろう。

ハルタが挑戦しているのは、六面すべて白色のルービックキューブだった。

2

事の経緯を説明するには、ハルタにあの不合理のかたまりのような難題を突きつけた、ある女子生徒のことを話さなければならない。

わたしとハルタは成島美代子という同級生に目をつけていた。目的は吹奏楽部への勧誘だ。どうしてこんな時期に？　どうして一年生のわたしたちが？　理由はちゃんとある。

わたしたちが所属する吹奏楽部は部員が九名しかいない。最盛期には六十名を超えたこともあったようだが、今年はなんとか廃部の危機をまぬがれたどん底の状態である。これではコンクール出場もままならず、せいぜい活躍の場は野球応援での演奏か、体育祭での君が代か、文化祭でのステージ演奏くらいしかない。そんなの、いやだ。おまけに部員の減少は予算にも響いている。恨めしいことは今年、吹奏楽の経験者が三十名近く入学していることが発覚したことだ。高校の入学を機にやめてしまう生徒は意外と多い。その場合はふたつに分かれる。スポーツ系のクラブに入るケースか、部活動そのものに興味をなくしてしまうケース。

成島美代子は後者のひとりだった。

オーボエ奏者。わたしがはじめてオーボエを生で聴いたのは、地区の吹奏楽研究発表会での他校の演奏だった。人間の歌声に近い、なんて音のきれいな楽器だと思った。楽器で「歌う」ことができるという表現は、オーボエが一番ぴったりだと、ハルタはいっていた。オーボエはダブルリードであまり息つぎを必要としない楽器だから、艶のある伸びやかな音色を奏でることができる。実際オーボエは吹奏楽においては主旋律を奏で、ソロを受けもつことが多い。

ハルタは彼女の入部を切望していた。どうしてもほしい逸材だという。わたしはというと、メンバーにオーボエが加わるのは魅力的だけど、奏者である彼女の性格はあまり好きになれなかった。

「チカちゃん、歩くの遅いよ」

ハルタの急かす声に我に返り、ふと空をあおぐ。ちょっと風は冷たいけれど、雲ひとつない晴天が広がっていた。

学校の昼休み。わたしとハルタは商店街の外れにある食品雑貨店に向かっていた。わざわざ職員室に届けまで出して外出しているのは、成島さんが食後にジュースを飲みたいといったからだ。しかも、国産完熟パイン味でないと喉を通らないらしい。そんな希少なジュース、商店街の外れにある食品雑貨店でないと買えない。

つまりわたしたちは彼女のパシリにされているわけで、そのわがままな要求には厄介払いというスパイスもほどよく混ざっていた。それでもハルタは嫌な顔ひとつせず引きうけた。わたしには納得いかない。まず一言、

「どうしてわたしまで」

「ぼくひとりでつきまとったら、ただのストーカーだ」

歩きながらハルタがつぶやく。成島さんは隣のクラスだ。なんとか今日、話せる機会をつくったのに、一分ももたずにこんなことになるとは……

「もういっそのこと、ストーカーになっちゃえ」

「ふん」と、ハルタがいう。「学校中の生徒にどう思われてもかまわないけど、草壁先生に悪く思われるのだけは死んでも嫌だ」

あ、そうですか。わたしに悪く思われるのも、いっこうにかまわないんですね。

気を取りなおしてたずねた。

「ねえ、彼女って、そんなにすごいの?」

「去年、普門館で実際に聴いたことがあるんだ」

「え」

素直に驚いた。普門館。吹奏楽を愛する中高生にとっては憧れの聖地で、野球でいうと甲子園の存在に近い。正確には全日本吹奏楽コンクールの中学、高校の部の全国大会が東京都杉並区にある普門館で毎年行われている。マスコミを含めて大勢の観客が来場し、出演者の家族ですらチケット購入が困難なほどの人気ぶりだ。

ハルタも顔を上げ、空を見あげる。

「彼女の中学校は、二十三人という異例の少人数で普門館に出場したんだ。少人数は審査上不利だけど、初出場で銀賞の大金星をあげている」

わたしは黙って息を吸った。……そういうことだったんだ。どうしてそういう大事なことを先にいってくれないの？　ハルタが彼女に執着する理由がわかった気がした。

ハルタは真剣に普門館を目指している。しかし、わたしたちの学校の吹奏楽部は、悲しいことに普門館常連校のような規模も設備もスキルもないし、歴史も伝統もない。ないない尽くしで、予選の予選である地区大会どまりでいつも終わっている。

それでもハルタが夢を見るのをやめないのは、わたしたちの入学と共に学校に着任した音楽教師の存在があった。草壁信二郎。二十六歳。学生時代に東京国際音楽コンクール指揮部門で二位の受賞歴があり、国際的な指揮者として将来を嘱望されていたひとだ。なのに海外留学から帰国後、それまでの経歴をいっさい捨て、数年間姿を消したあと、この学校の教職についた。理由はわからない。本人も口にしたがらない。ただひとつはっきりしていることは、わたしたち吹奏楽部のやさしい顧問であることだ。そんなすごい経歴を持ちながらも、尊大さやおごりのかけらも持たないし、わたしたちの目線に合わせた言葉で話してくれる。もちろん吹奏楽部の部員はみんな慕っている。そして、わたしはみんなの知らない草壁先生のいいところを、いっぱいいっぱいいっぱい知っている。

わたしもハルタも吹奏楽部の部員のみんなも、草壁先生を再び表舞台に立たせてあげたいと密かに思っていた。それは普門館の黒く光るリノリウム張りのステージだ。わたしたちの青春をかけた最高の舞台に、草壁先生に指揮者として立ってもらえたらどんなに素敵で、どんなに誇りに思えるだろう。だから、みんな傍から見れば遊んでいるように見えるけど、物理的にも精神的にも真面目に練習に打ちこんでいる。中学時代に苛烈な女子バレーボール部に所属していたわたしがいうのだから間違いはない。

ここまで話すと失笑するひとがたまに出てくる。映画やドラマで見るような安っぽい絵空事だって。そんなことはみんなわかっている。努力すれば必ず報われるなんて甘いことは、だれひとり考えていない。みんな辛い現実を知っている。でも、どんな弱小吹奏楽部だって、普門館への挑戦権を持っていることを忘れていない。挑戦権を持ちつづけるためにみんな努力を惜しまないのだ。それってていけないことなの？

「……二十三人か」

たったそれだけで普門館にチャレンジして、結果を残した学校がある。わたしは指折り数えた。あと十四人……。ちょっと希望が湧いた。

「少人数ならではの緻密なアンサンブルで、会場で聴いていて一番印象に残った演奏だったよ」

「へえ」なんだかうれしくなる。

「ああ、でもね、チカちゃんはもっと死ぬ気で部員を集めないとだめだよ」

「どうして？」

「チカちゃんのミスを誤魔化すなら、できるだけ大勢の音楽力が必要だから。アンサンブルなんてとんでもない。まあ、ひとくくりにできるところが吹奏楽のいいところなんだけどね」

ハルタの背中を蹴りたくなったが我慢した。大方その通りです。もっとフルートを練習しないと。

「成島さん、もし入部してくれたら、わたしたちとうまくやっていけるかな」

気にしていることをつぶやいた。

「さあ。仮にうまくやっていけなくても、オーボエだけでも部室に置いていってもらおう。あれって楽器の中でも値が張るんだ。中古楽器屋に売れば――」

ハルタの背中を蹴った。

「なにすんだよ」

「あんたは盗賊か。そんなことしたら、許さないからね」

「冗談だよ、まったく」

ハルタが制服の上着を脱いで叩いた。内ポケットから白い用箋がひらひらと舞いおちる。わたしはそれを拾った。ラブレターならめずらしくないけれど、太い文字で「果たし状」と書いてある。呆れた。

「まだ、キューブの挑戦を受けてるの?」

「もちろんだ。スピードキュービストとして当然の責務だ」

「見ていい?」

三通あった。時間と場所、そして、勝負前にハルタに与えられるハンデが書かれていた。放送室をジャックする。校長室に一時間籠城する。なかなか素敵なハイスクールライフを送れそうな内容だ。最後の一枚には、目でピーナッツを噛む、というどこかの漫画で見たような無茶な要求があった。

「……ああ、難題だな」

ハルタの目が遠くかすんでいた。


国産完熟パイン味のジュースを買って、猛ダッシュで成島さんの教室に着いたのは昼休みが終わる十分前だった。初冬の空の下、汗をかきすぎて全身から塩がふきそうになり、わたしもハルタもはあはあと息が切れていた。

引き戸から教室をのぞきこむ。男子も女子もそれぞれのテリトリーで輪をつくっておしゃべりに興じていた。ありきたりな昼休みの光景。だけど成島さんだけ、その枠組みの外にいた。

わたしたちは席を縫って歩き、成島さんに近づいた。ひとり窓際の机に突っぷしていた。眠っているわけではなく、ただじっと息を潜めているだけなのがありありとわかる。だれかに話しかけられるのを全身で拒否している姿にもとれた。

わたしたちの気配に気づき、成島さんがむくっと半身を起こした。数年に一度しか髪を切らないような野暮ったいロングヘアが特徴的だ。眼鏡をかけた顔が完全に隠れてしまう。

「はい」

と、ハルタがジュースを彼女の机に置いた。ハルタの笑顔にはひとを引きこむような温かさがある。これで反応を示さない女子生徒はまずいまい。できれば目の前で一気飲みしてほしいくらいだ。

しかし、成島さんはわたしたちふたりを等分に眺め、やがて、「ああ」というような顔を見せると、ジュースをかばんの中に入れた。そしてまた、机に突っぷした。一瞬浮かべた「わけがわからない」という表情がわたしをむっとさせた。

一歩前に出ようとするわたしを、ハルタが片手で制した。

「ごめん。きみの平穏で静かな学校生活を邪魔しようとしているぼくたちが悪いんだよね？　気分を害するのも当然だ。商店街を往復したことだって、ぼくたちが勝手にしたことできみにはなんの責任もない」

成島さんが反応した。わずかに顔を上げる。どうやらわたしたちが本気でジュースを買いに行くとは思っていなかったようで、罪悪感のかけらくらいは持っていたようだった。それをハルタは丁重に払っている。

「足りないお金を立て替えたチカちゃんも、すこしも根に持っていない」

余計なことを。わたしはハルタを肘でつつく。成島さんは財布をのろのろと取りだすと、「いくらだったんですか？」と、不機嫌にきいてきた。

「いくらだった？」

ハルタはなんとか引きずりだした会話の糸を、切れないようわたしに投げわたしてくる。

「とても、とても高い買いものだったわ。なんていったって国産完熟パイン味だもん」

パスを受けとった。

「あやうく国産完熟キウイ味を買いそうになったからね」と、ハルタ。

「わたしキウイ大好き」

「知ってる？　キウイってマタタビ科のマタタビ属なんだよ」

「へえ。うちの猫も食べるかな」

「で、いくらなんですか？」戯言がまったく通

じない成島さん。

「お金なんてどうでもいいの」わたしは息を吐いていった。「ごめん。わたしも謝る。成島さんに吹奏楽部に入ってもらいたかったら、もっと堂々とはっきりいえばいいんだもんね。こんなことで恩に着せるつもりなんてないの」

成島さんは長い髪の間からじっと見つめていた。財布から二百円を出すと、将棋をさすようにぺちっと机の上に置き、一言「うざい」とつぶやいて、また、机に突っぷした。

ゲームオーバーを告げる予鈴がスピーカーから響いた。隣のクラスの生徒がわらわらと戻ってくる。わたしもハルタも邪魔だから廊下に出て、ふたりで一緒にため息をつく。

「明日があるさ。明日がだめなら、明後日も」めげないハルタ。

「えー」と、わたしは嫌そうに返した。

すごすごと隣の教室に戻ろうとしたとき、ハルタがついてこないことに気づいた。廊下でだれかを待っている様子だった。

「……将を射んと欲すれば先ず馬を射よ、か」

なにやらぶつぶついって首をまわしている。廊下の奥から賑やかに向かってくる女子生徒の集団があった。成島さんのクラスメイトだった。三つ編みの似合うひとりがハルタに目をとめる。

「西川真由さんだね？」

「はいっ」

フルネームで呼ばれた彼女は、ぴょこんと跳ねるように立ちどまった。

「きみの挑戦を受けよう」

ハルタが制服の内ポケットから取りだしたのは、あの果たし状だった。


いてててててててて。

放課後、わたしに目と鼻にピーナッツを押しこまれ、床でのたうちまわるハルタを尻目に西川さんが先にキューブを六面完成させた。

「やった、やった、わたしがチャンピオン」

西川さんは両手を上げて喜んでいた。音楽室ではハルタの奇行を見物しようと吹奏楽部の部員が勢ぞろいし、みんな西川さんに拍手している。

「やるじゃないか」

ハルタが起きあがって西川さんの肩に手を置く。涙目が本当に絵になる男だ。

「噂どおりおもしろいんですね、上条くんって」西川さんはにこにこしていった。「でも、タイトルは返上ですよ」

非情な言葉だ。しかし、ハルタは動じなかった。六面完成したキューブを西川さんからひょいと取りあげると、わたしに投げわたした。わたしは十秒もかけずに崩してハルタに投げかえす。吹奏楽部のみんなが再び拍手した。

ハルタは受けとったキューブをすこしの間眺め、その目を鋭くさせると、高速でまわした。次々と色がそろっていくが、流れがいつもと違う。サイコロの模様ができるまで三十秒もかからなかった。

「はい。記念に」

ハルタはサイコロ模様のキューブを茫然とたたずむ西川さんに渡した。西川さんは受けとったまま、パイプ椅子にすとんと腰をおとした。敗北を認めた表情だった。

ハルタもパイプ椅子を引っぱってきて彼女の前に座る。そして、気さくな声で、

「成島さんと友だちだったんだよね？」

だった？　わたしは西川さんを見つめた。西川さんはやや反応が遅れて、こくりとうなずくと、

「……どうして？」

「四月にきみと成島さんが、よく一緒に帰っているところを見かけたから」

つまりハルタは入学してすぐ成島さんをマークしていたわけだ。ハルタはつづけた。

「成島さんは地方から引っ越してきたんだから、当然クラスに中学からの友だちはいない。出席番号順でいくと、きみと成島さんは前後の席になる。きみから話しかけたんだろうね。よくある最初のきっかけだ」

西川さんの様子に変化があった。膝の上にのせた拳をかたくしている。わたしは気づいた。昼休みに教室でひとり机に突っぷしている成島さんと、廊下で笑い声を立てて他の友だちと一緒にいる西川さんの間には、もう違う世界がある。

「きっと成島さんと一緒にいて、息苦しかったんだろうなあ」

わたしは唖然とハルタを見やった。ハルタは涼しい顔を西川さんに向けている。西川さんはなにかをいいかけ、後ろめたさに負けてしまったように、その口を弱々しく閉じた。

「きみが気にすることはないんだよ」ハルタは欧米人が見せるしぐさで肩をすくめる。「だってそれは、オーボエ奏者の宿命なんだから」

「え」

わたしも、え？　と反応した。吹奏楽部のみんなも、え？　という顔だ。

「きみも最初は仲がよかったんだから、彼女が中学時代にオーボエを吹いていたことは知っているだろう？　オーボエっていうのは決して脇役になれない楽器で、ソロとして腕が立たないとバンドの中でうまくやっていくのが難しいんだ。奏者の個性でいくらでも音色が変わるし、とても繊細な楽器だから、鬱憤もたまりやすい。だから、長くつづけていると息苦しい性格になる」

珍説だ。ぜったいにうそだ。西川さんも疑わしげな目を向けている。

「本当なんですか？」

「もちろんだ」ハルタは大真面目な顔でいった。「でもね、それは成島さんが一生懸命打ちこんできた証なんだ。ここにいるぼくたちはそんな成島さんと友だちになりたいと思っている。仲間として迎えいれたいと願っている。……彼女は全国大会に出場できるほどの奏者なんだ。しかもプロ志向はない。吹奏楽部向きなんだよ」

沈黙があった。

「でも、ミヨちゃんは——」

西川さんはいいかけ、また、口をつぐんだ。身体を強ばらせてじっとうつむく。

「成島さんがオーボエをやめちゃった理由を、きみは知っているんだね？」

ハルタが声を落としてたずねる。西川さんは黙っていた。空気に重さがあった。話すにはギャラリーが多すぎる。察した部員のみんなはぞろぞろと音楽室から出ていった。みんなやさしい。

ハルタがぺこりと頭を下げている。わたしも音楽室から出ようとすると、ハルタが指をちょいちょいと曲げた。いてもいいの？　目でいうと、当然だという目を返される。そうか。わたしはもう片足を突っこんでいるんだ。

音楽室にはわたしとハルタと西川さんだけが残された。それでも西川さんは頑なに口を閉ざしていた。自制心が働いている。軽々と口外するわけにはいかない。だとしたら西川さん、あなたはまだ、成島さんの友だちよ。

ハルタは静かな目の色で西川さんを見つめていた。時間が過ぎていく。やがて、いった。

「ぼくは去年、全国大会の会場で彼女の演奏を聴いている。すべてのプログラムが終わったあと、会場で悲鳴が聞こえた。表彰式に彼女の姿はなかった。そのことと関係あるのかい？」

西川さんははっとして顔をあげた。わたしも大きく息を吸い、ハルタを凝視する。

長い吐息が届いてきた。そして、つぶやきのようにもれる西川さんの声を聞いた。

「ミヨちゃんの弟が、その日に死んじゃったんです」

3

小児脳腫瘍。成島さんの弟は六歳のとき、突然の嘔吐で病院に運ばれてそう診断された。それから、四人家族で支えあう長い闘病生活がつづき、回復の兆しを見せたものの、十三歳でこの世を去った。一年遅れの中学入学が決まった矢先だという。

成島さんも両親も、だれひとり弟の容態の急変を予見できず、その日は普門館の会場にいて死に目にあえなかった。不幸な偶然かもしれない。しかし、成島さんは不幸な偶然で折りあいをつけられるほど器用な性格ではなかった。弟を放って応援に駆けつけたと両親を恨み、そんな状況を

つくりだしてしまった自分をいまも責めつづけている。

はっきりいって十六歳のわたしの器には重すぎる内容だ。ハルタも同様で、西川さんの話を黙ってまぶたを閉じて聞くだけだった。当事者じゃないとわからない辛さや苦しみ。ほんのすこしかかわっただけの他人のわたしたちでは、どうすることもできない。せいぜい国産完熟パイン味のジュースを買うのが関の山だ。

でもね。

なんていっていいのか、わからないけど——

ああっ、もう。

週末がきた。日曜日の午後。

西川さんは住宅街の案内板の前でぽつんと立っていた。三つ編みの髪をおろし、白いタートルネックのセーターにスリムのジーンズをはいている。手には百貨店の紙袋をさげていた。

待ちあわせの場所だった。わたしが到着すると、西川さんはぴょんぴょん跳ねて手をふってくれた。

「ハルタは？」

「あそこに」西川さんが指さす。

ハルタは遠く離れたバス停のそばで、一生懸命、靴の裏を地面になすりつけていた。

「……犬のウンチ、踏んじゃったんだって」

わたしは口に手をあてて「おーい、近よるな」と、声をあげ、「じゃ、行こうか」と、西川さんと肩を並べて歩きだした。

建て売り住宅が林立する一角だった。どれも同じ形で無個性に映る。住み手の顔が見えない状況で大量につくられたのだからしようがない。そこに命を吹きこむのが家族の仕事だと、建築会社に勤めるわたしのお父さんがいっていたことを思いだした。

わたしたち三人は成島さんの家に向かっていた。

西川さんがさげている紙袋には、成島さんから借りっ放しだったCDと漫画が入っている。お詫びに手づくりのお菓子をたくさんつけて、わたしとハルタも一緒に訪問するきっかけをつくってくれた。わたしとハルタは昨日、西川さんの家で必死にマドレーヌづくりを手伝った。先週の昼休みの出来事の反省をこめてである。

成島さんの家は住宅街の外れにあった。建て売り住宅のひとつで、一見して中古とわかる外観だった。ものさびしい雰囲気がした。見あげると二階の小さなベランダに風景画を張ったキャンバスがいくつも立てかけられていた。色に深みのある上手な絵だった。どうして外に出しているんだろう？

「いい匂いがするね」いつの間にかハルタが後ろに立っていた。「ビーフシチューの匂いだ」

「電話したとき、成島さんのおばさん、はりきっていましたから」西川さんがぽつりという。

「え、うそ」わたしは驚いた。「夕御飯がでるの？」

時間はまだ、三時前だ。

「西川さん、何度もお呼ばれされたことがあるのかい？」急にひそひそ声になるハルタ。

「それは、もう」

「ふうん。成島さん本人はともかく、両親はいつも歓迎してくれたわけだ」

「……はい」申し訳なさそうに西川さんはつぶやく。「とくにいつも約束していたわけじゃなかったんですけど、その……また遊びにきてください、というおじさんとおばさんの声があまりにも……」

「切実に聞こえたわけだ」

西川さんはうつむき、こくりとうなずく。

わたしもさすがに気後れしたが、

「行こ」

元気よくいうと、西川さんもにこっと笑い、先に進んでインターホンを鳴らした。中でどたどたと足音が響き、扉がゆっくりと開く。あらわれたのは成島さんのおじさんだった。歳は五十を越えたくらいで、髪は薄くないけれど白いものが交じっている。長い間ためてきた気疲れみたいなものが、やや土気色をした顔にうっすら残されている気がした。

「こんにちは。お久しぶりです」西川さんが背筋を伸ばした。

「ようこそいらっしゃいました」成島さんのおじさんが歓迎してくれる。そして、緊張して立つわたしに目をとめ、お互い口を開こうとしたとき、ハルタが一歩前に出た。

「美代子さんの同級生の上条と申します。隣にいるのは友人の穂村で、同じ吹奏楽部に所属しています。今日は西川さんに無理をいって、一緒にお邪魔させていただきました」

やられた。わたしはハルタを押しのけ、

「穂村です。ご迷惑をかけないよう気をつけますので、お邪魔させていただきますっ」

成島さんのおじさんはやわらかい笑みを浮かべた。笑うと、目尻にいっぱい皺ができるひとだった。わたしの中でやさしそうなイメージがかたまった。

「よく、いらっしゃいました」

成島さんのおじさんは、わたしたちが恐縮してしまうくらいに三人分のスリッパを丁重にそろえてくれる。案内されたのは木目調の広いリビングキッチンだった。

「あの。ミヨちゃんは？」

「……美代子ですか」成島さんのおじさんはばつが悪そうにこたえる。「もうすぐ家内と一緒に戻ってきますので」

ハルタにちょんちょんと肩を指でつつかれた。ハルタがキッチンの方向に顔を向ける。ビーフシチューの鍋。コンロの火が消え、慌てて追いかけていったようにエプロンと布巾が床に投げすてられていた。

「逃げたみたいだね」

ハルタが聞こえないようにささやく。見てはいけないものを、見てしまった気がした。

成島さんのおじさんがコーヒーを淹れてくれた。四人でソファに座ってコーヒーをすすりながら待つ。はじめて嗅ぐ家の匂い。なんとなく落ちつかない。最初に西川さんが口を開いた。学校のこと。この間の文化祭のこと。ぽつぽつと会話の流れがはじまり、ようやくみんなの舌が動くようになった。成島さんのおじさんはわたしたち三人にそれぞれ話題をふってくれた。父親として娘の友人をすこしでも退屈させないよう、必要以上に気を遣っているのがわかった。

いくら待っても成島さんは戻ってこない。

成島さんのおじさんは痛々しいほどに話題をひねりだそうとしていたが、気まずさや沈黙を繕おうにも限界があった。

わたしとハルタは顔を見あわせた。西川さんと成島さんのおじさんが、疲れはてたゴールランナーのようにうなだれていたからだった。とくに西川さんの落ちこみ度合いが激しい。

「今日のこと、ミヨちゃんには黙っていました」

やっぱり。わたしとハルタは同じ表情を浮かべた。西川さんは目をかたくつぶると、震える声で、

「……びっくり企画。なんちゃって」

洒落にならない。

「いや、美代子にきちんと伝えられなかった我々が悪いんだ」

慌てて成島さんのおじさんがフォローするが、西川さんは暗い表情のまま首を横にふった。

「私が、いままで悪かったんです。薄情者だったんです。私の友情は生ハムより薄かったんです」

「きみが謝る必要なんてないんだよ」成島さんのおじさんは穏やかにいい、わたしたちに対しても、「せっかくきていただいたのに本当に申し訳ない」と、深々と頭を下げた。

わたしとハルタは水に濡れた犬みたいに首をぶるぶるとふり、

「いえいえいえいえ」

と、ふたりで畏縮した。これからどうしようかと思った矢先、玄関の方向から物音がした。みんなふりむく。まるでホラー映画のそれのようにリビングの扉がギィイと静かに開いた。

あらわれたのはサダコじゃなくて、成島さんだった。なんだか怖い。

西川さんがソファから身を乗りだし、「あの」と、声をあげると、

「こんにちは」

彼女は無表情にそれだけいってはねつけた。扉のそばから一歩も離れようとしない。遅れて成島さんのおばさんがやってくる。小柄なおばさんはおじさんよりひとまわりくらい歳が若そうで、その顔は疲弊しきっていた。それでもわたしたちに笑顔を忘れず、エプロンを締めてキッチンにそそくさと向かう。

「御飯、いますぐつくって」

成島さんはおばさんの背中に命令口調でいい、わたしとハルタならともかくおじさんに蔑む目を向けた。

「ミヨちゃん――」

西川さんがいい、成島さんは急に吐き気がしたとでもいうように踵を返すと、ひとり階段をたったったと駆けあがっていった。

帰ろうか。ぽつりとつぶやくハルタのすねを、わたしは蹴った。

帰ればよかった……のかもしれない。なんとか場をもたせようとみんながんばったけれど、成島さんは相づちこそすれ、最後まで自分から一言も口を開いてくれなかった。それはそれで仕方がないけれど、娘と友人の両方に気を遣う成島さんの両親の姿や、泣きだしたいけれど泣くわけにはいかず、必死に笑顔を絶やさない西川さんの姿を見て、やりきれない気持ちが湧いた。

「ごちそうさま」

成島さんがなんのためらいもなく椅子を引いて立ちあがる姿に、一同はっとして目を注いだ。再び時を動かしたのは、成島さんのため息まじりの声だった。

「お茶くらい、私の部屋で飲んでいったら?」

「え」と、西川さん。

「私の部屋で飲んでいったら?」彼女はくりかえす。

西川さんは首をこくこくとふり、成島さんのおばさんがすぐにコーヒーを淹れる準備をはじめた。おじさんはほっとしたように肩をおろしている。

「ぼくたちもいいのかい？」

ビーフシチューを三杯食べたハルタだった。苦しそうにお腹を抱えている。成島さんのおばさんを唯一喜ばせた男の中の男だ。

「いいわよ、別に」

成島さんがコーヒーカップをのせた盆を持ち、わたしたちは二階の部屋に向かうことにした。

「……ごめんね。迷惑だよね、こんなの」

階段をのぼりながら、西川さんが弱々しい声でいう。

「普通に迷惑」

成島さんはその言葉で切りすて、部屋に入ると、

「飲んだら、帰ってよね」

盆を小さなガラステーブルの上に乱暴に置いた。コーヒーが飛びちる。うなだれて座る西川さんを見て、わたしはさすがにむっとした。

「知らないの？　ハルタは喫茶店で魔夜峰央の『パタリロ！』を八十三巻読破するために五時間かけて飲んだことがあるのよ。変な踊りだって踊れるんだから」

「五分で飲んで」

わたしは首をまわし、

「五分だって、ハルタ」

と、声をかけた。

ハルタは壁ぎわにある木製キャビネットを静かに眺めていた。女の子の部屋を観察する男なんてどうかと思うけど、ハルタにはそういった変ないやらしさがない。ひとりだけ落ちついたその姿に、わたしもようやくまわりを冷静に見まわす余裕ができた。

ハルタがさっきから興味深く観察しているのは、おもちゃのようなものがぎっしり詰まっているキャビネットだった。複雑な形の知恵の輪や、学校で見慣れたルービックキューブもある。壁には額装された絵も飾られていた。

「なにこれ……」わたしは近づいて口にした。

「ちょっとした博物館だね。得した気分だ」ハルタが顔をほころばせる。

「なにが？」

「みんなパズルなんだよ。古典的名作もそろっている」ハルタは順に指さしていった。「地球追いだしパズル、五四目のブタを探せ、マスターマインド、ハノイの塔、15パズル、箱入り娘、タングラム。そして、壁にある絵は、どれも逆さ絵だ」

「ふうん」

と、関心を示したのは成島さんだった。まんざらでもない。そんな雰囲気が伝わってきた。わたしも西川さんもきょとんとする。ハルタがふりむき、成島さんにいった。

「きみが集めたものとは思えないけど」

「どうして？」

ハルタはガラス戸の向こうにある四冊の本を指さした。『パズルの王様』という題名の本だった。

「パズル愛好家のバイブルだ。作者のデュードニーは、九歳のときに才能が開花したイギリスが生んだ最高のパズリストなんだよ。これだけ机の本棚と別に保管されているところを見ると、きみが普段ページをめくっているとは思えない」

ほら、とつづいてハルタは壁にある絵のひとつを指さした。よく見ると、小学生が描いたような拙い絵だった。NARUSHIMA・SATOSHIとローマ字でサインが書かれている。

「全部、きみの弟が遺したものだ」

成島さんが黙って息を吸う気配があった。わたしたちが気を遣ってふれなかった部分に、ハルタはふれた。

「……だから？」成島さんの声が一段低くなる。

「素晴らしいんだよ」

「は？」

「同世代ですでに天才少年として名を馳せていたデュードニーに、きみの弟は憧れていたかもしれないんだ。才能ってのはね、時空を超えて感化されながら引きつがれていくものなんだ。ほら、きみの弟が自作したものには全部サインが書かれている。遊びたい盛りの年頃に、これほどパズルに傾倒できたのは賞賛に値するよ。いくら重い病気だからといっても、まわりにはテレビゲームや漫画の誘惑だってあるのに」

「……なんなの、あんた？」

成島さんの声が凄みを帯びた。そばで西川さんがおろおろしている。わたしもハルタの袖を引いた。しかし、ハルタはひょうひょうとしてまったく動じない。

「ここにあるのは、きみの弟が遺した智慧の結晶ということなんだよ。きみの弟が生きてきた貴い証だ。パズルは飾りものじゃない。きみはちゃんと弟の遺志を汲んで、遊んで、解いてあげられたのかい？」

一瞬、成島さんが怯む顔を浮かべた。

ハルタはその顔色を読んで、つづけた。

「だろうね。それに、いまのきみには無理だ。普通に無理」

さっきの西川さんの仕返しだ。成島さんが気色ばむのがわかった。

「理由をいおうか。それは、きみが解決できない問題をひとりで抱えこんでいるからだ。きみの両親は一年間で失ったものを、残されたきみのために一生懸命取りもどそうとしている。西川さんもお節介焼きかもしれないけれど、きみときみの家族のことを本当に心配している。苦しんでいるのはきみひとりじゃない」

わたしは息を呑んで見つめる。

成島さんが喉をぐっと鳴らした。くすぶっていた炎が一気に燃えあがる激情を一瞬見せ、

「……あんたたちになにができるっていうのよ？」

と、呻くようにいった。

「質問を返すよ。きみはなにをしてほしいの？」

成島さんが口をつぐむ。

「あのさ。高校生のぼくたちにできることなんて限られているんだよ。そうだな、この部屋にあ

るパズルくらいなら解くのを手伝えると思うな。きみの手に負えないものがあれば、ぼくたち三人が駆けつけて一緒に悩んであげるよ。すくなくともこの部屋のパズルで苦しむのは、きみひとりじゃない。それがぼくたちにできる確かな約束だよ」

重い沈黙ができた。

「出てって」成島さんが吐きすてた。

ハルタはだれにともなく頭を深く下げ、「ごめん」と謝ると、うぷっとお腹をおさえてひとり部屋から出ていった。

「上条くんっ」西川さんが身を乗りだして声をあげる。

わたしは慌てて廊下に出て、ハルタの背中を見つめた。一飯のお礼にしてはかなりの仕打ちだったけれど、なぜか怒る気になれなかった。ハルタは最後まで、成島さんの大切な弟の遺品にむやみに手を伸ばす真似はしなかった。

結局、わたしも西川さんもハルタと一緒に帰ることになった。

成島さんの両親が門の外まで送りだしてくれた。申し訳ございませんでした。本当はいい子なんです。また遊びにきてやってください。くりかえしくりかえし、ふたりで絞りだす切実な声が胸をついた。バス停まで送るというおじさんの申し出を丁重に辞して、成島家をあとにした。暗い住宅街をバス停に向かって歩いた。

「わたし、成島さんの全国大会のオーボエ、聴いたことがあるんです」西川さんがつぶやく。

「きみも会場にいたの？」

ハルタが驚いてたずねると、西川さんは首を横にふった。

「録音された音源で聴いたんです。成島さんのおじさんとおばさん、弟の聡くんに頼まれたんですって。その日はふたりとも病院にいなくてもいい。会場でお姉さんの舞台を見守ってほしい。そして録音してくれなきゃ一生恨むって。それでチケットを一生懸命とって……」

「そうだったの」わたしは目を落とした。

「だれも悪くないよ」ハルタがいった。「たまたま不幸な偶然が重なっただけだ。だから、だれも悪くない」

「でも」と、わたしがいいかけたときだった。

背後から追いかけてくる足音がした。三人で同時にふりむく。走ってくる人影は、やがて見覚えのある輪郭に変わって立ちどまった。長い髪を乱してはあはあと息を切らしている。

成島さんだった。

「ミヨちゃん……」西川さんが両手を口にあてる。

成島さんはハルタの前に立った。手に持っていたものを、ぐいとハルタの胸のあたりに突きだして、

「聡が私に遺したパズルで、これだけがどうしても解けないの」

不躾にそういった。

ハルタは受けとったそれを食いいるように眺めていた。暗がりの中でルービックキューブがかすかに見えた。なんだ。簡単じゃない。ハルタ、十五秒で完成してぎゃふんといわせてやりなさいよ。

「……これってスクランブルは？」ハルタの目つきが険しくなった。

「したって、聡はいってた」成島さんは投げやりにいう。

「完成形は？」

「聡は教えてくれなかったわ」

ふたりの不自然な間合いの中で、わたしと西川さんはようやく事態のおかしさに気づいた。成島さんはそんなわたしたちも交互に見て、挑戦的で、かすかな蔑みを含んだ声でいった。

「あなたたちで解いてごらんなさいよ」

「待って。いつまでに?」ハルタが焦ったようにききかえす。

「金曜日の放課後まで。それくらいがキリがいいでしょ?」

深く考える間が空いた。——ねえ。どうしたの? ハルタ。

「やってみるよ」

苦しげにこたえるハルタを見て、成島さんは満足そうに鼻を鳴らした。西川さんの制止をふりきり、きた道を戻っていった。

「ちょっと、ハルタ。それってキューブでしょ? どうしてこの場で完成してあげなかったの?」

ハルタが無言で街灯の近くまで歩いた。手にしたキューブが明かりにさらされると、わたしも西川さんも「うそ」と、声をあげた。

六面すべてが白色だった。

成島家の解決できない問題が、理不尽なパズルという形でわたしたちに手わたされた瞬間だった。

4

一日目。月曜日。ハルタの挑戦。

五時限目の終了を告げるチャイムが鳴ると、教室でほっとしたようなどよめきが湧き、ショートホームルームと手を抜いた掃除がばたばたと終わり、みんなの待ちわびた放課後がはじまる。

教室で数人の男子に囲まれてハルタは真っ白なキューブをぐりぐりとまわしていた。論理的思考では決して解けないキューブに果敢に挑んでいる。

「それ、どうやったら完成になるんだよ」

男子のひとりが冷やかしている。放課後になってだいぶ揶揄する響きは薄れているが、今日一日似たような言葉がずっとくりかえされていた。

「でもさあ……なんで手袋なんかしてるの？」

また、男子の声。これもくりかえされた質問だった。このほうが滑りがいいからだと、ハルタのこたえる声がした。本当のこたえは、大切な形見を、手の脂や汗で汚したくないからだ。

わたしは腕時計を見た。そろそろ部活がはじまる時間だった。ハルタは放っておけばいつまでもぐりぐりとまわしていそうなので、引っぱってでも連れていこうかと考えたときだった。

「穂村さん、穂村さん」

廊下から呼ぶ声がしてふりむくと、窓で西川さんが手招きしていた。わたしは机の間を縫って近づく。

「どうですか。首尾は」

「ハルタでも難しいみたい。でも、まだ一日目だしね」

「わたし、授業中にずっと考えていたことがあるんです」

西川さんが教室に入りたそうだったので、ハルタの机まで案内することにした。

「……上条くん、白って実は六種類あるんじゃないの？」

西川さんの声にハルタのキューブをまわす手がとまる。ハルタを囲んでいた男子たちの目が向いた。違うクラスの女子がいきなり入ってきたので緊張したようだ。

「白、ちょっと薄い灰色、微妙に薄い灰色みたいな」

まじかよ？　と、男子たちがどよめき、いっせいにキューブに目を凝らそうとする。

「白は白だよ」ハルタがいった。「白は他の色がすこしでも混じると白でなくなる。文具店に行って、絵の具やカラーペンの売り場を見ればわかるよ」

それでも西川さんはめげなかった。「じゃあ、きっと音だと思います。まわす方向で、ぐりぐり、ごきごき、ばきばきと……」

まじかよ？　と、男子たちがどよめき、いっせいにキューブに耳を澄まそうとする。こいつらみんな、どこかの劇団にでも入れそうだ。

ハルタが金庫のダイヤルをまわすように一列ずつ回転させていく。わたしも沈黙して顔を近づけた。音は……変わらない。普通のキューブだ。

「ごめんなさい」西川さんがしょぼんとする。

「気にしなくていいよ。アイデアはみんなでどんどん出していこう」ハルタが手袋を脱いで部活に行く準備をはじめた。

「上条、明日もやるのか？」男子のひとりがたずねる。

「そうだね。しばらくトライするけど。応援してくれるかい？」

ハルタが意味ありげにこたえると、男子たちは顔を見あわせた。

「おもしろそうだな」

二日目。火曜日。わたしの挑戦。

「今度は穂村かよっ」

朝のショートホームルームがはじまる前、自分の席で真っ白なキューブをぐりぐりまわしていると、例の男子たちの声がした。

ハルタとわたしと西川さんで順番にチャレンジしていくことに決めたのだ。ハルタばかりに任せてはいられない。で、今日はわたしの番。「ねえねえチカ、それなあに？」と、昨日まで興味があっても、男子の壁に阻まれて近づけなかったクラスの女子たちが集まってきた。わたしもハルタに倣って手袋をしていた。同じこたえを返していく。みんなが見守る中、地道に慎重にまわした。ハルタでは気づかなかったことを、繊細な女の子であるわたしなら気づくかもしれない。

わたしは密かにため息をついた。頼みの綱の草壁先生が、昨日から出張でいないのだ。今週いっぱい戻ってこないという。ハルタでも困難な問題にぶつかったとき、わたしは草壁先生に相談することが多かった。今回は安直に頼るわけにはいかないけれど、一週間会えないのはやっぱりさびしい。

放課後、卵を守る親鳥のように、キューブを抱えて机に突っぷしていたわたしの耳に「大発見です」と、明るい声が届いた。

ぼんやりとかすんだ目を上げると、教室に西川さんが立っていた。

「美術部のひとから聞いてきたんです。油絵の世界なら白にもいろいろ種類があるんですって。シルバーホワイト、ジンクホワイト、チタニウムホワイト、パーマネントホワイト」

「顔料の違いか」

ハルタの声にふりむく。隣の机で頬杖をついて座っていた。

「上条くん、どう？」

「着眼点はいいと思うよ。成島さんの両親のどちらかは、趣味で油絵をやっているからね。油絵の具は成島家にひと通りそろっている」

わたしはきょとんとした。「どうしてわかるの？」

「成島さんの家をたずねたとき、ベランダに絵が干してあったじゃないか」

思いだした。綺麗で上手な絵だった。

「油絵は水彩画と違って、乾燥させなきゃだめなんだ」

「じゃあ――」と、西川さんの声に期待が籠もる。

「正解。この白いキューブには油絵の具が使われているんだよ。ほら、普通ブロックには保護用の透明シールが貼られているけど、この白いキューブにはそれがない。油絵の具は乾性油を使うから、表面に油膜ができてコーティング代わりになる。水彩絵の具やマジックペンと違って色の食いつきもいい。つまり合理的だからそうしているんだ」

「やった、やった」西川さんはうれしそうに小躍りしている。

ハルタが難しい顔をしていた。「仮にあるブロックがパーマネントホワイトだとしても、それはあくまで顔料の違いであって色の違いじゃない」

「いいじゃない、顔料の違いで」

わたしは噛みついた。いいながら顔料ってなによ？　と、ふと頭をよぎったが考えないことにした。あとで辞書をひけばいい。

「顔料の違いをどうやって見分けるの？　高価な分析器にかけるとでも？」

わたしは口をつぐんだ。ごめんなさい、ばかで。

「……明日は、わたしががんばります」

西川さんがすっかり落ちこんだ声でいい、机からキューブを取りあげようとすると、ハルタがその手を制した。

「チカちゃん。どんな些細なことでもいいから気づいたことはなかったの？」

見つめてくる。わたしを信頼してくれている目のような気がした。自信はないけれど、ずっと気になっていたことがあった。いおうかどうか迷った。

「あのさ、聡くんのサインがないよね、これ」

ハルタも西川さんも、次の反応までふた呼吸ぶんくらいあった。

「――サイン？」

三日目。水曜日。西川さんの挑戦。

西川さんは休み時間のたびに校舎を徘徊して、真っ白なキューブをまわす場所を探していた。教室には成島さんがいるからだ。やがてキューブを抱えて涙目で走る一年の女子の噂は、放課後になると校舎中に広まっていた。

わたしとハルタが西川さんを見つけたとき、彼女は体育館のステージ裏で両膝をついて放心していた。彼女のまわりには、ばらばらに砕けちったキューブがあった。

「ちょっと、どうしたの？」

慌てて駆けより、西川さんの肩をゆする。西川さんはまだ、呆けていた。

「穂村さん……」

「まさか、だれかにキューブを壊されたの？」

ハルタが屈んでブロックのひとつをつまみあげていた。「ふうん、やっちゃったね」とつぶやく。

「……分解したんです」西川さんがぽつりといった。

「え？」

「聡くんのサインを見つけようと思って」

「え、え？」

さっきからハルタは無言でブロックのひとつひとつを観察している。西川さんは泣きだしそうになるのをこらえるように、口元をおさえた。

「ミヨちゃん、私たちにぜったいに解けない無理難題を押しつけているのかなって……。私、そんなに嫌われちゃったのかなって……。そう考えたら、もうとめられなくなっちゃって」

「見たところサインはないね」

ハルタが顔を上げていった。西川さんはうなずく。

「……考えてみればミヨちゃん、聡くんの大切な形見を、私たちに簡単に預けるわけないもん」

わたしは唖然とし、全身の力が抜けそうになった。「じゃあこれ、成島さんがつくったただの嫌がらせなの？」

西川さんはうつむいたまま黙っている。重い沈黙が三人を包んだ。

「成島さん、そんなに器用なひとかな」

ハルタがつぶやいてブロックを組みたてはじめる。わたしも西川さんもはっと気づき、ばらばらに散らばったブロックを両手で集めた。

三人の手で再び元通りになったキューブをしばらく見つめた。ブロックそのものにはなんの仕掛けもなかった。

「あと二日しかないです」西川さんがこぼす。

「あと二日もあるじゃない」わたしは強がりをいった。

「なんとかするよ」ハルタがため息をついていった。


四日目。木曜日。再びハルタの挑戦。

——場面は冒頭に戻る。

放課後、ハルタは中庭から正門につづく通路のベンチに座っていた。手袋をはめ、白い息を吐きながら黙々と白いキューブをまわしている。ときどき下校途中の生徒が「がんばれよ」と、声をかけてくれる。「まだ、やってるのか」と、呆れる声もあった。そのたびにハルタは力なく笑みかえし、そもそも完成形があるのかさえわからない白いキューブにうつろな目を戻す。

わたしと西川さんは離れて見守っていた。

みんなでがんばったけれど、今日までなんとかならなかった。一歩でも前進できるようなアイデアも浮かばず、もうどうすることもできなくて、結局ハルタひとりに押しつける形になってしまった。

期限は明日だ。

ハルタが表情をゆがめた。あんな辛そうな顔をするのを、はじめて見た。西川さんもだいぶ無口になっている。これ以上ふたりが苦しむ姿を見たくなかった。成島さんにはわたしから謝っておこう、わたしひとりなら、どんなに冷たくされたってかまわない——そう心に決めたときだった。

背後から近づくひとの気配があった。

「ふうん。噂は本当のようだね」

ゆったりとした口調の声が響いた。え？　まさか……。ふりむくとダークグレーのスーツに身を包んだ先生がかばんをさげて立っていた。黒縁眼鏡の位置を直してハルタを眺めている。

「出張が早く終わったんでね、帰ってきたよ」

「先生……」見あげるわたしの目頭が熱くなった。

「ただいま」

草壁先生が救いの神のように思えた。

わたしたち三人は学校の屋上で、茜色がかってきた陽を浴びてコンクリートブロックに並んで腰かけていた。ハルタはさっきから緊張してかたくなっている。校舎に通じる鉄製の扉が開き、草壁先生がやってきた。

「待たせて悪かった」

草壁先生は抱えていた温かい缶コーヒーを手わたしてくれた。「ありがとうございます」と、わたしも西川さんもプルトップを引き、甘いコーヒーをすする。ハルタは惚けたように草壁先生を見つめ、耳の先まで赤くしていた。恋する少年の目だ。飲まずにいそいそと制服のポケットに入れている。家に帰ってから大切に飲む気だ。いや、ずっと大切に保管しておくつもりかもしれない。見たくない光景を見てしまった。

草壁先生は鉄柵にもたれて真っ白なキューブを観察していた。なるほど、と、ひとり言をつぶやくと、

「これは禅問答の世界だね」

「ゼン……？」西川さんが缶から唇を離してききかえす。

「禅僧が悟りを開くために行う問答のことだよ。公案とも呼ばれているんだ。ひらたくいえば、なぞなぞやとんちなんだけれど、それがとんだ食わせものでね。論理的な思考や知識では決して解けない難問奇問ぞろいになっているんだ」

わたしたち三人は顔を見あわせる。

「こたえの出ない難問奇問にぶつかったときは、それまでの経験や論理や知識がいかに無力でむなしいものかを知る。きみたちも短い間だけど経験できただろう？　その現実に向きあうことが、禅問答のあり方なんだよ」草壁先生は手にしたキューブをかかげて見せる。「ルービックキューブのルールを知っているひとなら、これが論理的思考で解けないことは明らかだからね」

「……あの。こたえがないんですか？　先生」

西川さんが不安げに口を開くと、草壁先生は静かに首を横にふった。

「ひとによっては何年も悩みつづけるかもしれないけれど、それでも考えつづければ、いつかは論理の壁を破ってこたえが出る。それが悟りというものなんだ。つまりこの白いキューブのこたえは、きみたち自身でこれからつくりあげていくものなんだよ」

わたしたちでつくりあげる……

そのとき、苦しそうに「先生」と、声をあげたのはハルタだった。ハルタは草壁先生と話すときは敬語になる。「先生は問答とおっしゃいました。つまり問題をつくりだしたひとが、こたえを認めなければ成立しないということです。でも、そのキューブの考案者はもうこの世にいないのです」

「そういうことなんだね」草壁先生がまぶたを閉じる。すこし考える時間が空いた。「もしこのキューブの考案者が禅問答の考え方に倣って、相手が完成させたときにはもう自分がこの世にいないと悟っていたのなら——その完成形が正しいという証明を、相手のためにどこかに残しているかもしれない」

「そのキューブの中にですか？」ハルタが身を乗りだした。

「きみたちが正しいこたえにたどりつければ、自然とそれが姿をあらわすようにできているんじゃないのかな。その証明を見つけるまでの過程が、このパズルの本質だと思うよ」

わたしは息を深く吸った。草壁先生のいいたいことを全部理解できたわけではなかったけれど、ほんのすこし展望が開けた気がした。こたえのない難題にぶつかったときは、自らこたえをつくりだす努力をすればいい。この四日間は無駄じゃなかった。一歩を踏みだすための四日間だったのかもしれない……

屋上に風が吹き、草壁先生がなにかに気づいた様子で首をまわした。西川さんの視線も、校舎をつなぐ鉄扉にかたまっていた。

「……ミヨちゃん」

成島さんが長い髪をなびかせてそこに立っていた。草壁先生の存在に戸惑い、驚いた顔を一瞬見せたが、それでもかまわないというしぐさで扉を強く閉めると、こっちに向かって歩きだしてきた。

立ちどまった成島さんの目がちらと草壁先生を向く。ふたりの間になにかあるようだった。すぐそらすと、

「それ、学校中で噂になっているけど」

白いキューブを一瞥して吐きすてた。

「みんな、応援してくれているんだよ」

ハルタが穏やかにいうと、成島さんは苦いものを噛んだように口元をゆがめた。

「で、みんなが応援してくれて完成しそうなの？」

いわれてハルタが口を閉ざし、わたしも西川さんも黙ってうつむく。

「やめたら？」金属のように冷たい声で成島さんがいった。

「え」わたしは驚く。

「もう、やめたら？」成島さんはくりかえした。「無理よ。できっこない。それはぜったいに解けないキューブなの。聡が私に遺した罰なの」

「罰だって？」ハルタが呆れていった。「解けないパズルはパズルじゃない。デュードニーを敬

愛する人間が、そんな理不尽なものを遺すとは思えないな」

成島さんがきっとした目でハルタを見る。

「あんた、そういえば私の部屋でいったよね。遊びたい盛りの年頃に、どうして聡がパズルに熱中できたのかって。あの子ね、学校でいじめられていたの。頭の病気だから、頭が悪いって、ひどいいじめに遭っていたのよ。あの子の自尊心と心の支えがパズル遊びだったの。あの子がつくったパズルに挑戦するのが、私の日課だった。それが、ずっとつづいていた」

「……きみが中学で吹奏楽部に入部するまで？」ハルタがいった。

「そうよ。あの子、きっと私に見捨てられたと思ったに違いないわ。だって、しようがないじゃない」成島さんは苦しそうにつづけた。「楽しかったんだから。私だって聡みたいに、なにかに打ちこんだり、熱中できるものがほしかったのよ」

わたしも西川さんも言葉を失った。

成島さんは草壁先生が持つキューブに目をとめた。長い間、思うことがあったような目で見つめていた。

「聡は私を困らせたいの。新しい友だちができて、部活が忙しくなって、毎日遊んであげられなくなった私を許してくれないの。だから、そんな理不尽なものを遺したの。あんたたちまで苦しむ必要なんてないのよ」

胸の奥から吐きだす声でいい、草壁先生に近づくと、

「先生、返してください」

「だめだ」ハルタが声をあげてさえぎった。「草壁先生、彼女に渡さないでください」

「なによ、あんた」

「あと一日ある」

「無理よ。ぜったい無理」

「無理なもんか」

成島さんが凄みのきいた目でハルタを睨みつける。「そんなに私を吹奏楽部に入部させたいわけ？」

「それとこれとは別だ」

気圧されずにハルタがいうと、成島さんは顔をきつく強ばらせ、踵を返した。そのまま屋上から去ってしまうのかと思った。けれど違った。力なく足をとめた彼女は、後ろ姿のまま消えいるような声でだれにともなくいった。

「……吹奏楽部に入らない理由は、他にもあるの」

思いがけない言葉にハルタが、「え」と反応する。

「私にリード（オーボエを吹く部分）をつくってくれるひとが、もういなくなっちゃったの。去年まで親戚にいたんだけど、そのひとが海外に転勤しちゃったの」

「僕が紹介しようか」

草壁先生がはじめて口を開いた。成島さんが首をまわす。

「昔の楽団の友人にオーボエ奏者がいるんだ。隣町に住んでいるから、きみさえ良ければ彼を紹介してあげるよ」

成島さんは怯み、再び踵を返すと、今度はもう足をとめなかった。鉄扉をばたんと閉める音が屋上に響いた。

西川さんが立ちあがり、草壁先生のほうを向いた。

「ミヨちゃんのこと知っているんですか、先生」

「ああ……」草壁先生は照れたような悪戯っぽい笑みを浮かべた。「実はね、彼女に目をつけたのは上条くんより僕のほうが先なんだ」

わたしもハルタもぽかんと見あげた。

「僕のときはていよく断られたけど、きみたちにはチャンスをくれたようだね」

草壁先生はキューブをハルタに手わたした。両手で受けとったハルタにわたしも西川さんも近づき、三人で真っ白なキューブと向きあった。

「はあ。明日までに完成できるかな」

わたしの中にまだ、弱気な部分があった。

「穂村さんも、ぎりぎりまで悩んでごらん」

「あの。もしかして先生は、こたえがわかっているんですか？」

西川さんが顔を上げてたずねる。

「ひとつ思いついたことならあるよ。でもいいのかい？　僕がこたえてしまっても」

ハルタがすぐ首を横にふった。わたしも同じ気持ちだ。

草壁先生は鉄柵に手をそえた。遠くに目を向ける先生は、なにかを思いだしているようだった。左手に深い傷跡があった。夕陽が目を射り、わたしたちはまばたきをくりかえす。

「きみたちがこれから経験する世界は美しい。しかし、同時にさまざまな問題に直面するし、不条理にも満ちている。僕は成島さんが無理に吹奏楽の世界に戻らなくてもいいと思っている。だがもし、立ちどまった場所から一歩を踏みだすきっかけをだれかがつくってくれるなら、それは大人になってしまった僕じゃなくて、同世代で同じ目の高さのきみたちの役目であってほしいんだ」

5

いよいよ期限の金曜日の放課後がおとずれた。

わたしとハルタと西川さん、それに成島さんを加えた四人は、校舎の一階にある空き教室に集まった。机は両端に押しやられ、数脚の椅子が真ん中にあるだけのがらんとした教室だった。隣の実験室から薬品臭い空気が漂ってくる。

どこからかピアノの音が流れてきた。わたしも西川さんも緊張して立つ。

「早くはじめなさいよ」

椅子に座る成島さんが苛立つ声で急かした。対峙するハルタは教卓に寄りかかり、真っ白なキューブを手にしたまま一言も口を開かない。その目はひどい寝不足のようで充血していた。

教室の引き戸が開いた。

「遅れてすまない。僕も見学させてもらおうか」

入ってきたのは草壁先生だった。先生は教室の隅に椅子を運ぶと、そこでわたしたちを見守る形で腰をおろした。

「それじゃあ、はじめるよ」

ハルタがようやく動きだした。

「まず前提にしたいのは、いまぼくが持っているキューブが完成形じゃないということだ。六面すべてが白色でスクランブルされた状態。ここからスタートだ」

成島さんがうなずくのを確認して、ハルタは手にしたキューブを一回ぐりっとまわした。

「さっきとの違いがわかるかい？　白、白、白、白……。違いなんてどこにもない。このキューブ、どんな方向にいくらまわしても、最初のスクランブルの状態から脱出できない」

わたしと西川さんは固唾を呑む。成島さんはそんなことはわかっているといいたげに、ハルタを冷めた目で見すえていた。

「ぼくはずっと不思議に思っていたんだ。きみの弟は、このキューブの完成形がどんな形なのかを提示していない。そもそも提示する必要なんてなかったんだよ。いくらまわしても変わらないんだから。つまりきみの弟が求めていることは、この最初のスクランブルの状態から、一歩でも前進することだ。それができたとき、はじめてこのキューブの謎が解ける」

成島さんが目をそらし、

「……できるわけないじゃない」

と、呪詛でも吐くようにつぶやいた。

「その通り。このキューブは論理的思考では決して解けない矛盾や不合理さを含んでいる。それでもきみの弟はパズルとして遺した。小児脳腫瘍と診断されたきみの弟は、成長するにつれて世の中の理不尽さに気づいたんだと思う。それでも希望を失うことはなかった。解決不能な難題にぶつかったとき、どうすれば心が救われるのかを知っていたんだよ」

ハルタは真っ白なキューブをかかげて見せた。

「それは論理の壁を破った悟りの世界だ。それをこのキューブできみに伝えようとした。でもね、一言で論理の壁を破るといっても大変なことなんだ。偉いお坊さんでも下手すれば何年、何十年とかかってしまう。そのためにきみの貴重な青春時代を奪う権利はだれにもない。吹奏楽に打ちこんでいた当時のきみを知る弟も、それを望んでいなかった。だから、このキューブには、きみのために時間をかけずに解ける工夫がされている」

黙って聞くわたしの手のひらに汗がにじんだ。本当にあれをやるんだろうか……。これから起こることを知っている西川さんも、そわそわと落ちつかない様子でいる。

ハルタは教卓の下に隠してあったスポーツバッグを持ってくると、成島さんの前にある椅子に座った。悠々と足を組み、かたい表情を崩さない成島さんと向きあった。

「話をいったん変えるよ。『ゴルディオスの結び目』というアレクサンドロス三世が残した紀元前の伝説があるんだ。小アジアの古代国家にゴルディオスという貧しい農民出の王様がいて、彼は神殿に自分の牛車を祀って、複雑に絡みあった縄で牛車を結ったんだ。この結び目を解いたものがアジアの支配者になれるという伝説を残してね。それから諸国の実力者や知恵者があらゆる手を使って必死に縄を解こうとしたけれど、長い間どうしても解くことができなかった」

それまで沈黙を守っていた草壁先生がかすかに表情を変えた気がした。ハルタはつづける。

「……時を経て、ゴルディオスの結び目を解く者があらわれる。それがアレクサンドロス三世だ。どうしたと思う？　なんと彼は多くの兵士の前で、腰の剣を使って結び目を切断してしまったんだよ」

成島さんの目が大きく開き、ハルタは語調を強めた。

「解決不能な難題を、非常手段で解決する、それがきみの弟が遺したメッセージだ。たぶんきみの弟は自分の命が長くないことを悟っていた。残されたきみがどんなに落ちこんで悲しむのかも想像していた。弟はきみのオーボエの才能を信じていた。だから、自分の身になにが起きても、立ちどまってはいけない、前に進まなければならない、という思いをこの白いキューブに込めた」

ハルタは床に置いたスポーツバッグのジッパーを引いた。出てきたのはパレットと、六つの油絵の具と、六本の筆だった。

成島さんがはっとした。

「――ふたりとも、頼むよ」

ハルタの合図でわたしは成島さんの右腕に、西川さんは成島さんの左腕にしがみついた。

「な、なによ」成島さんが狼狽する。

「ごめんね、ミヨちゃん」しがみつく西川さんが謝る。

成島さんはふりはらおうとするが、ふたりで体重をかけているから身動きがとれない。

「三分で終わる。それまでふたりともがんばって」

ハルタがパレットに白・青・赤・橙・緑・黄の油絵の具をのせ、乾性油を垂らしていく。それを見た成島さんの顔から血の気が失せた。これからなにが起こるのかを理解した表情だった。

「――やめてっ」

成島さんの叫び声を無視して、ハルタはまるで精密機械のように筆を操った。それぞれのブロックに色を薄く塗りひろげていく。作業が速い。一面が終わると筆を捨てて、次の色にとりかかった。

「いやっ、いやっ、お願いっ、離してっ」

耳をふさぎたくなるほどの悲鳴が教室に響いた。わたしと西川さんはハルタを信じ、成島さんの両腕にしがみつく。成島さんが暴れる。女の子とは思えない力だった。当然だ。弟が遺した大切な形見が、他人の手で姿を変えようとしているのだから。

ハルタが筆を捨てた。集中している目。もう四面に入っている。

「ああ」

成島さんの身体から力が抜けていくのがわかった。必死にしがみつく西川さんは辛そうな顔をしている。――ねえ、ハルタ。これで本当によかったの？

「完成だ」

ハルタがいい、成島さんは床に両膝をついた。ハルタの手で六色に塗られたキューブを茫然と眺めている。

「……どうして？」

呻くような声だった。

「どうだい、すっきりしただろう？」

すっきりしているのはハルタひとりだけだった。成島さんは首を横にふった。納得いかない。引きつった顔がその感情を表現していた。わたしも素直に受けいれられない。西川さんも唇を噛み、やりきれない思いを抱えている。一度もとめに入らなかった草壁先生を見た。痛ましそうに目を細めるだけで、椅子から動こうとしない。

「きみも、きみの家族もじゅうぶんに苦しんだ。もういいじゃないか」

　ハルタが静かな声でいった。

「……あんたにいわれたくない」

　成島さんの声からは、いっさいの感情が失われていた。

「ぼくだってこんな押しつけがましいことはいいたくない。でも、ぼくがいわなきゃ、きみのまわりでだれがいってくれるんだい？」

「……うるさい」

「家族の問題はきみが折りあいをつければ解決するんだ。どんなに辛くても苦しくても、きみが我慢するときなんだよ。でなければみんな不幸になる。きみの弟もそんなことは望んでいない」

「……できるわけ、ないじゃない」

「これからもずっと不幸を盾にして生活していくつもりかい？」

「……聡が死んで、まだ、一年しか経ってないのよ」

「もう一年だ」ハルタが厳しい声でいった。「大人になってから過ごす一年と、ぼくたちのいまの一年は違うんだ」

次の瞬間、成島さんはハルタに飛びかかって激しい平手打ちをした。小柄なハルタが吹っとぶほどの勢いだった。成島さんは今度は逆手にふりかぶり、ハルタがぎゅっと目をつぶる。頬を打つ甲高い音が響いた。ハルタはノックアウト寸前のボクサーみたいにふらふらしている。それでもキューブを離さない。また、頬を打つ音が響く。

これほど壮絶な往復ビンタは見たことなかった。

わたしも西川さんも成島さんの背中に飛びつき、草壁先生が椅子から立ちあがろうとする。

「きちゃだめだっ」

ハルタが声を荒らげた。その目をじっと六色に塗ったキューブに注ぎ、なにかを待っている様子だった。

「あっ」

その声は西川さんだった。成島さんの背中にしがみつきながら、ハルタが持つキューブを凝視している。成島さんの息を呑む気配が伝わった。わたしも声を失った。まるで魔法を見ているようだった。

キューブのブロックに亀裂が入り、花びらが落ちていくように色が剝がれおちている。

色が亀裂して剝離したブロックは九箇所あった。

ハルタが爪を立てると、麻布でできた下地は綺麗にめくれた。その下に文字が書かれている。

「きみの弟の祝福の言葉だ」

ハルタが器用に回転させて九箇所のブロックを一面にそろえていく。できあがった一面を成島さんに向けて見せた。

成島さんはキューブを奪いとった。唇を動かしてその文字を読んでいく。みるみるうちに目に涙の粒がふくらんだ。頰を伝い、尾を引いて静かに落ちていく。それから長いあいだ積みあげてきた堤防が決壊するように膝を崩して泣いた。

わたしも西川さんも黙ったまま、その姿を見つめた。

「……成島さん、だいじょうぶかな」

「西川さんがついているからだいじょうぶだよ」

わたしとハルタは草壁先生と一緒に音楽室に向かっていた。スポーツバッグを抱えるハルタの両頬には、痛々しいもみじの痕がくっきり残されている。

「ジンクホワイトだよ」

ハルタがいった。

「ジンクホワイトの上に油性塗料で重ね塗りをすると、剥離を起こすんだ」

わたしは思いだした。油絵の具の「白」は顔料の違いで数種類ある。ジンクホワイトはそのうちのひとつだ。

「あのキューブはさ、草壁先生のいう通り禅問答の世界なんだ。たぶん成島さんの弟は、ある日を境に死を意識するようになったんだと思う。死はいつの世でも解決不能な難題なんだ。デュードニーを敬愛し、パズルを愛した成島さんの弟は、そんな難題に屈するわけにはいかなかった。それで考えだしたのが、あの特別な白いキューブなんだよ」

草壁先生が先をうながす。

「あのキューブの解き方は成島さんの弟の中にひとつしかなかった。自分が死んでいなくなったあとでも、そのこたえを証明してあげる仕掛けをつくっておかなければならなかった。だからまず九箇所のブロックに文字を書いて、その上に麻布を貼ってジンクホワイトで塗りかためたんだ。その九箇所以外は、同じように麻布を貼って、シルバーホワイトかチタニウムホワイトかパーマネントホワイトのどれでもかまわない。そうやって見た目は六面すべてが均一の白色で、同じ触感のキューブができあがる」

「そうだったんだ」

わたしは感心しながら草壁先生をちらりと見た。まぶたを閉じてハルタの言葉にうなずいている。どうしようもなく嫉妬してしまった。

「西川さんとチカちゃんのヒントのおかげだよ」

「え？」

「ジンクホワイトは西川さんから、サインの存在はきみから教えてもらった」

そういえばわたしは、あのキューブに成島さんの弟のサインがないことに気づいたけれど……

「あのキューブでサインを書ける場所は白色の下以外に考えられない。どうやったらあの白を剝がせるのかを、考えるきっかけになったんだよ。だからきみのおかげ」

なんだか照れてしまう。ありがとう。心の中でハルタにお礼をいった。

「ねえ。サインはどこにあったの？」

「ちっちゃいローマ字でちゃんとあったよ」

「あのさ」わたしはいじわるな質問をした。「もしハルタが水彩絵の具を使っていたらどうなったの？」

「色が弾いて塗れないよ」ハルタがこたえる。「それにあれは成島家で完結するパズルなんだ」

そうか。わたしは成島さんの家のベランダに干してあった油絵のキャンバスを思いだした。おじさんの趣味なのかおばさんの趣味なのか、また今度行ったときにきいてみよう。

「……さて」もったいぶったように口を開いたのは草壁先生だった。「上条くん。そろそろもうひとつの種明かしをしてもいいんじゃないかな？」

「なにがですか？」ハルタが激しく動揺する。

「油絵の具が剝離するためには乾燥が必要なんだ。普通は一昼夜程度かかって、数分で終わることはない。どんなに速い乾燥剤を使っても一時間はかかる」

「あっ」と、わたしは気づく。

「穂村さん。上条くんはね、あの空き教室の時間を早めたんだ」

「そんなこと、できるんですか？」

「上条くんが徹夜で試行錯誤した方法だよ。成島さんや、一緒に苦労してきたきみたちのために、そうする必要があったんだ」

「あの」ハルタが恐る恐る顔を上げていう。「もしかして先生は気づかれているのですか？」

「大まかにね。たとえば穂村さんも西川さんも、今日のある時間以降はキューブにさわっていないこととか」

そうだ。お昼休みを過ぎてから、わたしも西川さんもあのキューブをハルタに預けたままだった。

「ねえ、ねえ。どういうことなの、ハルタ？」

しつこく聞くとハルタが観念してつぶやいた。

「事前に白色で上塗りしていたんだよ。六面全部」

わたしは呆気にとられた。

「上条くんは剝離を起こすタイミングを知っていたんだ。いくら正解を提示しても、成島さんを一時間以上待たせるわけにはいかないし、その間に往復ビンタを喰らったり罵られるわけにはいかないからね」

「すみません」と、ハルタが眠そうに欠伸を噛みころしている。

「おかげで最も効果的な演出で正解を提示することができた。あの教室での上条くんの演説も、五日間の穂村さんや西川さんの苦労も、成島さんの心にきちんと伝わったと思うよ」

わたしはこのふたりにただただ驚くしかなかった。でも、やっぱり、ハルタには負けたくない。

校舎の渡り廊下にさしかかる。向かいの新校舎の四階に音楽室が見えた。みんなが待っている。

「成島さん、これからどうするのかな」わたしはぽつりといった。

「彼女が決めることだよ」ハルタがこたえる。

いまとなっては成島さんに吹奏楽部に入ってほしかった。彼女にはいろいろと教えてもらいたいことがある。わたしが彼女に返せるものは……これから探していこう。

「あのキューブってやっぱり、自分の手で六色塗ることが正解だったの？」

「成島さんの弟が証明してくれたじゃないか」

「そうだ。なんて書きのこしてあったの？　わたし見ていなかったんだ」

「九個のブロックに一文字ずつ。単純な祝福の言葉だよ」

吸いこまれるような冬の空を見あげて、ハルタは教えてくれた。

正解だよ　お姉ちゃん

その九文字が、彼女に春の訪れを呼びおこすものになると信じた。

退出ゲーム

「きれいはきたない。きたないはきれい」

演劇部の部長が僕に貸してくれた戯曲の中で妙に心に残ったものがいくつかある。シェークスピアの悲劇「マクベス」で、三人の魔女が声をそろえて語るこの台詞もそのひとつだ。

深く考えようとする僕に、演劇部の部長は「魔女の価値観は俺たちと違うんだ」の一言で切りすてた。価値観なんて高尚な言葉、あの部長にはとても似合わないけれど、彼の反応は僕の中でひとつの真理を示してくれた気がした。

嫌な出来事、つらい思い出、悩んでもこたえがでそうもないとき、僕は都合よく切りすてて生きてきた。切りすてることなんて簡単にできるの？　そう疑うひとはきっと弱者のことを知らないし、接したこともないだろう。

ヘイハイズ。

戸籍のないこども。日本人が聞いたらびっくりする。僕の育った村にはよく鼻の高い白人の夫婦が訪れた。ときにはゲイのカップルも訪れる。彼らは値踏みするように僕や仲間を眺め、ひとりまたひとりと手をつないで村から去っていった。

ひどい話？　ぜんぜん違う。白人はアジア系のひとたちと違って障害をもった僕の仲間も差別しなかった。みんな分け隔てなく幸せそうに「両親」と一緒に「故郷」に帰っていく光景を見た。

僕も足が悪くて歩くのが大変だったけれど、「両親」が迎えにきてくれて一緒に「故郷」のアメリカに帰ることができた。僕はたまたまあの村で迷子になっただけなんだ。「両親」は五年かけて僕を捜してくれたんだ。そんな空想と想像の世界が僕を支えた。だから、あのころの記憶なんて必要ない。あのころの名前なんて知る必要もない。

それからの生活はどこを切りとっても幸せに包まれていた気がする。パパとママは僕を祝福

し、家族の温もりを与えてくれた。足も根気よく治療してくれて、いまでは日常生活に支障はなくなっている。そして、もうひとつ僕に大きな喜びを与えてくれた。アメリカに帰って間もない頃、僕はあるメロディをよく口ずさんでいた。パパは驚き、それが僕にサックスを教えてくれるきっかけになった。パパは元プロのサックス奏者で、息子とセッションをするのが夢だったと熱っぽく語ってくれた。もちろん息子の僕は努力した。ずいぶんあとから知ったことだけど、僕が口ずさんでいたメロディはケニーGの楽曲で、実は僕の生まれた場所ではそればかり流れていたのだ。そのことはパパには黙っていた。あのころの記憶なんて必要ない。あのころの名前なんて知る必要もない。

アメリカに住んで四年目、パパの仕事の都合で急遽日本に移住することが決まった。日本の学校は小学校を卒業するまではインターナショナルスクール、中学からは普通学校に通うことにした。イジメや偏見や仲間外れは心配したほどではなく、吹奏楽部に居場所を見つけた僕は、友だちにも恵まれて満足に値する学校生活を送ることができた。

そうして志望高校の入学が決まり、新生活を待ちわびていたある日の晩の出来事だった。僕はテレビ番組を観た。その番組は僕と同じ境遇のひとが自分に兄弟がいることを成人になって知って、兄弟を捜しにいくというドキュメンタリーだった。素性というものを考えさせる内容が延々と放映されていたが、僕にはまったく理解できなかった。すでに両親がいるのに、素性を血という物差しでしか測れない？　なんて自分勝手なひとなんだと心の底から憤慨した。

しかし、一緒に観ていたパパとママはとても悲しそうな顔をしていた。翌日、意を決したように僕に一通の手紙を渡してくれた。半年前の消印の手紙……

あのときの血の気が引く感覚、いまでも忘れない。

その手紙は僕の弟と名のる人物からだった。

弟？　これは切りすてたほうがいい現実なのか？　頭の中で警報ベルが鳴った。手紙を読まずに破こうとするとパパとママにとめられ、読んでほしいと懇願された。

手紙は英語で書かれていた。

弟はいま、中国の蘇州にいるという。

一緒に住んでいる「本当の両親」の話、不自由のない暮らしの話、通っている学校の様子、サックスを習っていること、そして、血のつながった僕に切実に会いたいという内容が書かれていた。「本当の故郷」を一度見にきてほしいとも。

僕は動揺した。弟……？

僕は手紙に何度も目を走らせた。弟は「本当の両親」に内緒で手紙を送っている。

それはいったいなぜなんだ?

パパとママは僕に小さなジュラルミンケースも渡してくれた。長年使いふるしたようにあちこち傷んだケースには、ダイヤル錠で鍵がかけられていた。

四桁の暗証番号は九〇八九。

中から出てきたのはこども服と壊れたおもちゃだった。僕があの村にいた頃の唯一の持ち物だったという。どれも中国語っぽい文字が書かれている。

足元が揺らいだ。気持ちの悪い汗もにじんでくる。違う。僕はいった。自分であげた語勢の激しさに、自分で戸惑う。

それから何度か弟と名のる人物から手紙が送られてきたが、僕は読まずに破りすてた。部屋の隅にあるサックスケースには埃がたまっていった。「本当の両親」と一緒に暮らす弟も習っていると思うと耐えられなかった。

あのころの記憶なんて必要ない。あのころの名前なんて知る必要もない……

僕を支えてきたものが……崩れて……

ひとりで考える時間が増えた。

やりたいことのいっぱいあった高校の新生活は、なにをしたらいいのかわからない膨大な時間に変わった。僕のまわりから友だちは離れた。ただひとり僕から離れない友だちがいた。高校になってクラスが替わってしまったけれど、彼だけは僕にいろいろとお節介を焼いてくれる。

廃部になっていた演劇部を復活させた彼は「幽霊部員でもいいから」と、帰宅部ですることがなかった僕を半ば強引に入部させた。彼は僕が演劇部にいるべきではないことも、演劇になんの興味も持っていないことも知っている。それなのに入部させたのは、自分の目が届くところに僕を置きたかったからだろう。

そんなたったひとりの大切な友だちを失う前にこたえを出したかった。

僕が踏みだすべき一歩はどこにあるんだろう？

なにを選んで、どこへ向かえばいいんだろう？

僕の「両親」は？　そして「故郷」は？

こたえを出せないまま二月になり――

僕は、僕をめぐる演劇部と吹奏楽部の奇妙な争いに巻きこまれる羽目になった。

1

わたしの名前は穂村千夏。高校一年の恋多き乙女だ。ごめんなさい。嘘です。片想いまっしぐらなんです。でも、かまってほしいの。かまってガールと呼んでほしい。

わたしはいま、フルートのケースを肩にかけて半べそになりながら商店街のアーケードをとぼとぼと歩いている。週三回、吹奏楽部の練習が終わってからフルート教室に通うことになったのだ。地味な練習を飽きずに妥協せずにをモットーに、今日もフルートの先生にとことんだめ出しされた。よってわたしはへこんでいる。

わたしが所属する吹奏楽部は十名。少人数でも他校の大所帯の吹奏楽部に負けないぞ、という意気ごみだけではどうにもならないことがある。パート練習がそのひとつだ。部員不足は悩みのタネで、先輩たちはずっとそれで苦しんできた。

その状況がわたしたちの代から変わった。少人数なのは変わらないけど、指導者が交代したのだ。草壁信二郎先生。二十六歳。学生時代に東京国際音楽コンクール指揮部門で二位の受賞歴があり、国際的な指揮者として将来を嘱望されていたひとだ。そんなすごい経歴を捨ててまで普通高校の教職についた理由はわからない。ただひとつはっきりしていることは、わたしたち吹奏楽部のやさしい顧問であることだ。

草壁先生は昔かかわっていた楽団員からの人望が厚く、そのコネクションを活かして校外へ積極的に出て、さまざまな団体や学校とジョイントしながら演奏できる機会をつくってくれた。

そうして平日は基礎練習、土曜日は合同練習というサイクルができあがった。日曜日は基本的にオフだけど、自主的に学校にきて練習している部員は多い。指導者ひとりでこうも変わるのかと教頭先生が感嘆したほどだ。でもね、それはすこし違う。わたしたちはまだ、変わっている途中なのだ。草壁先生のような指導者の注意をよく聞いて、いわれたことはきちんと実践できるほどのレベルに成長しなければならない。

普門館常連校との合同練習会に参加する機会があると、とくにそれを感じてしまう。部員数、各パートの息の合った演奏、間の取り方、吹奏楽としての全体力、そしてアンサンブル……どれをとっても差が歴然として、帰り道はいつも口数が減ってしまう。

そんな中、去年の暮れから成島さんという全国レベルのオーボエ奏者がわたしたち吹奏楽部に加わった。彼女は中学時代に二十三人の編成で普門館に出場し、銀賞の大金星をあげた実力を持っている。

彼女の入部はわたしたちを勇気づけ、待望のオーボエを編成に加えた本番形式の合奏をやろうという話になった。楽曲は草壁先生が少人数用にアレンジしてスコアをつくってくれた。

はりきるみんなを尻目に、わたしひとりだけ複雑な気分になった。高校からフルートをはじめたばかりのわたしは、みんなの足を引っぱるのではないのかと不安になったのだ。いまさらと思われるかもしれないけれど、わたしひとりのせいで成島さんをがっかりさせたくなかった。

そこで集中的な個人レッスンを草壁先生にお願いしようとした。我ながらいいアイデアだと思った。草壁先生は海外から留学の誘いを受けるほどの指揮者だったこともあって、楽器の知識やその奏法は相当くわしい。リズム感や音感も、成島さんがしきりにうなずくほどずば抜けている。わたしが抱えている問題点なんてすぐ克服できるに違いない！……白状します。下心がちょっぴりありました。放課後の校舎でふたりきり。草壁先生のピアノ伴奏。必死にフルートでついていく健気なわたし。バレンタインデーの伏線にもなるんじゃない？　がんばってきたご褒美にそれくらいいいでしょ？

そんなわたしのささやかな希望は、幼なじみでホルン奏者の上条春太に全力で阻止された。

「穂村さんに必要なのは、草壁先生の個人レッスンじゃないと思います」

まずこれが一言め。

「環境と指導者を替えて、もう一度基礎をかためたほうがいいと思います」

これが二言め。音楽室で黙って聞いていた草壁先生は携帯電話を取りだした。忘れていた。先生には強大なネットワークがあるのだ。フルート教室を経営する知り合いに一か月の限定で、一万円の破格の授業料で話をつけてくれた。しかもその一万円も部費で負担してくれるという。

……文句をいえない。そして、ハルタは先生から通話中の携帯電話を受けとり、唾を飛ばす勢いで、

「ぼくたちは本気で普門館を目指すので、厳しいレッスンでお願いします！」

これが三言め。携帯電話を静かに切ったハルタは満足そうに白い歯を見せた。抜け駆けはよくないよ。ハルタの目がいっていた。

もちろん草壁先生が音楽室を出ていったあと、わたしはハルタの背中を蹴った。

ふう。

今日も厳しいレッスンが終わり、わたしにはフルートじゃなくてビール瓶でも吹いていたほうが似合うんじゃないかと自虐的な気分に浸りながら帰路につく。

土曜日の五時半ともなると商店街のアーケード通りは買いもの帰りの家族連れであふれ、デート帰りの中高校生カップルともたくさんすれ違う。ちょっとだけ自分がさびしく感じた。ドーナツ喫茶店「ハチカフェ」から揚げたてドーナツとシナモンのいい匂いがした。わたしはさびしさを忘れて店内をのぞく。今月はもうお小遣いが底をついていることを思いだし、まわれ右した。お腹空いたな、晩御飯なんだろな、と心の中でつぶやき、やがてそれがリズムに乗って唄になる頃、冷たい風が待ちうけるアーケードの外に出た。

児童公園を抜けて、市民会館の建物が見えたところでふと足をとめる。

演劇部の部員たちがいたからだった。市民会館の玄関とトラックの間を行ったりきたりしている。自分の身体より大きなベニヤ板や照明機材を器用に担ぐ様は、働きアリが一生懸命エサを運ぶ光景に似ていた。

「おーい、それはこっち、こっち」

うん？　この声……

ハルタがなぜか演劇部の部員たちに交じっていた。ちょこまかと走りまわってトラックの荷台に飛びのり、衣装ケースをうんしょと受けとっている。

「ああっ、もうっ、重くて腕が抜けちゃう」

む？　この声は……

成島さんだった。腰まで届く髪を後ろでまとめあげ、体育で使うジャージ姿で段ボール箱を運んでいる。

ふたりとも練習が終わってまっすぐ家に帰ったと思っていたのに、なにやっているんだろ？

わたしはすぐそばにあった雑居ビルの陰から様子をうかがうことにした。演劇部だって文化祭公演とクリスマス公演がつづいたから、しばらく公演活動はないはずだった。荷物を運びおえたみんなはふらふらと疲れきった足どりで市民会館の玄関に消えていく。

気になってあとを尾けた。

自動ドアが開くと心地よいエアコンの暖気に包まれた。郊外にある文化会館ほど大きくないけれど、多目的の小ホールと会議室、研修室がある。たぶんみんながいるのは小ホールだなと思って奥に進むと、長椅子にぽつんとひとりで座る男子生徒がいた。

制服を着た彼はダッフルコートを膝の上で抱えていた。演劇部の公演や部室でたまに見かけるひとだった。艶のある黒髪が印象的で、顔の右半分をほとんどおおいかくすように垂らしている。

彼と目が合った。彼はすぐ目をそらしてどこか遠くを向いてしまった。そういえば、このひとが笑っているところやしゃべっているところを見たことがない。

観葉植物が並ぶ廊下をまっすぐ歩いたわたしは、両開きの扉の前に立つ。中から話し声がした。

扉に隙間をつくってのぞいてみる。

「――よし、今日はみんなご苦労だった」

とくに大きな声ではないのによく響く声。客席で演劇部の部員たちが輪をつくり、その中心で妙に尊大な態度の同級生がねぎらいの言葉をかけていた。隣のクラスの名越俊也だった。廃部になった演劇部を復活させた彼は部長を務めている。つまり部員は一年生のみで構成されていて、やりたい放題の部活動ライフを満喫している。

わたしは名越が苦手だ。あれは去年の四月、部活動の勧誘が盛んに行われていた時期だった。全身に白粉、赤ふんどし姿で校舎を疾走する名越と校舎の渡り廊下でぶつかった。尻もちをついたわたしはあわわと酸欠寸前の金魚のように口をぱくぱくさせた。逆に名越は落ちついていて、しっかりわたしの目を見すえて立ちあがると手を差しだしてきた。てっきり謝ってくるのかと思ったら、「おまえ、演劇部に入れ」と、ぽつりといった。「は?」と、わたし。「その表情、その身体のバネ。十年にひとりの逸材だ」いいおわらないうちに彼は生活指導部の先生に羽交い締めにされて連れさられていった。「表現の自由をぉぉぉ」という叫びが校舎に響きわたった。そして、「すみません。部長がばかで」と、彼の手下のような同級生がやってきて演劇部勧誘のビラを渡してくれた。以来、赤ふんどし姿の名越は姿形を変えてわたしの悪夢の中に出てくる。

「——恒例のビデオ反省会は月曜日の放課後に行う」

ホールの客席で名越が指示し、手を叩く。

「じゃあ後始末は俺たちがやるから、今日は解散。みんなお疲れ」

演劇部の部員たちからどっと息がもれ、わらわらとわたしのいる扉に向かってきた。わたしは忍者みたいにとっさに隠れてやりすごす。客席には名越とハルタと成島さんの三人が残った。ハルタも成島さんも椅子に腰を深く沈めてぐったりしている。

「ねえハルタ、成島さんも、こんなところでなにやってるの？」

わたしは客席の間を縫って近づいた。名越の目が向き、わたしの頭からつま先まで眺めてくる。

「だれだっけ？　おまえ」

「十年にひとりの逸材よ！」

わたしは本気でつかみかかりそうになった。

「……穂村千夏。同じ吹奏楽部でクラスメイトだよ」

疲れた声でハルタがいう。名越はぽんと拳で手のひらを叩く。いちいちジェスチャーが大袈裟なやつだ。

「ああ。思いだした。球技大会のバレーボールで水を得た魚のように球を拾いまくっていた女子か。おかげでうちのクラスは負けたぞ」

「元バレーボール部なの」わたしははっと我に返る。「頭の中のテープをもっと巻きもどしなさいよ！」

「なかなか反応がいいな」名越が感心したように顎に手をそえてわたしを見つめる。「五年にひとりの逸材だ。演劇部はきみを歓迎する」

もう名越は無視して、わたしは成島さんの肩をゆすった。

「ねえ、ねえ、成島さんまでどうしたの？」

成島さんもハルタと同様に疲れて口がきけない様子だった。眼鏡の位置が完全にずれている。彼女は一年以上のブランクを取りもどすため、平日は朝練に参加し、休日は十時間の練習時間を確保しているはずだ。こんなところで荷物運びをやって指を痛めたらどうするの？

そのとき、わたしたちの背後にだれかが近づく気配がした。

「僕も、帰って、いいかな？」

静かな声。それでいて一句一句丁寧に区切るしゃべり方。ふりむくと、長椅子に座っていたあの男子生徒が立っていた。手足は長くて身長

はわたしより頭ひとつ分くらい高い。前髪から繊細で涼しげな目がのぞいている。

名越は彼を見て、なにかいいたげな表情をした。それを押し殺すようにいったん口をつぐむと、真面目な顔を返した。「ああ。悪かったな。無理やり付きあわせて」

彼は軽く手をふって去っていく。両開きの扉が閉まる音がしてから、成島さんがため息とともに泣きだしそうな声をもらした。

「……どうして吹奏楽部にマレンがいなくて、演劇部にいるの？」

(マレン？) わたしはきょとんと彼がいなくなった方向を眺める。

「チカちゃん、マレンを知らないの？」ハルタの気だるそうな声がつづく。

「……さっきのひとが」

「マレン・セイ。中国系アメリカ人。正しくはセイ (名前)・マレン (姓) だけど、彼は日本人のぼくたちに合わせているんだよ」

わたしはまた、きょとんとしてハルタと成島さんを見つめる。なぜふたりが演劇部の雑用なんかを手伝っているのか、そして、さっきの成島さんの言葉の意味……

(どういうことなのよ) 名越に目で訴える。

「え？ くわしく聞きたい？ 話せば長くなるよ。長すぎて呆れるほどつまらない話になるけど」

「じゃ聞かない」

「待て」

名越がわたしの肩をつかむ。なんなのよ、このひと。

「はふはふは、はふはふはふほふふ！」

ドーナツ喫茶店「ハチカフェ」でわたしはシナモンドーナツを頬ばり、喉につまりかけたところをアイスカフェラテで流しこむ。

「俺の財布のことは気にするな」

テーブル席の正面で名越がミルクティーをすすった。すんなりと長い指がカップを支え、常に他人の目を意識しているのか姿勢がいい。一緒にテーブルを囲むハルタと成島さんはちびちびとドーナツをかじっている。

「……教室どうだった？」

ようやくわたしが落ちついてから、成島さんが口を開いた。

「正直、きつい」

わたしはストローをグラスから抜いて唇にあてた。最近は管状のものがあるとなんでも吹いてしまいそうになる。わたしが通うフルート教室のレッスンはロングトーン（編集部注・ひとつの音を伸ばしつづけること）からはじまる。先生の演奏のあとにつづいて吹くこの時間がわたしにとって一番つらかった。生徒も上手い社会人ばかりで肩身が狭い。迷惑そうな目を向けられることもある。

「指練とコード練は？」と、ハルタ。

「家でみっちりやる習慣がついた」

「そう」成島さんが手のついていない自分のドーナツをナプキンに包んでわたしの皿に移してくれる。「吹奏楽部はやさしいひとばかりだから、教室でうんと傷ついて、人間関係に強くなったほうがいいわよ」

「そういえばここ最近、上条たちは練習がハードだな」

名越が会話に入る。

「まあね。二週間後にオーボエを加えた本番形式の合奏をすることになったんだ。うまくいけばレパートリーを増やして新入生の歓迎式典で演奏する」

「楽曲は決めたのか？」

「トム・ソーヤ組曲」

「へえ。そういう系統なら、俺としては『ムーン・リバー』や『美女と野獣』のほうが好きだな」

「テンポが遅い楽曲って難しいのよ」成島さんもため息まじりに加わった。「音の抑揚や鳴りも誤魔化せないし、パートの間を取るのもひと苦労なの」

「なるほど」と、名越がカップを置く。「十人程度の吹奏楽団だとたいした楽曲を演奏するのは望めない。しかしながら部員に自信をつけさせるためなら、テンポが平均以上の楽曲で、スケールが大きくてやさしいやつが望ましい。そんなところか」

成島さんが感心する目を名越に向けた。

「なにより演奏できると上手くなった気がするからね」と、頰杖をつくハルタ。

「そう。上手くなった気になるのはすごく重要」と、成島さん。

「高校演劇でもそうだよ」

名越がうなずき、「だよね」と、三人で口をそろえる。

わたしは食べかけたドーナツを口からぽろっと落とした。わたしもこの会話に参加せねば。大縄跳びで、まわる縄が怖くてなかなか入れないこどもの心境を味わうことができた。

成島さんがホットココアの入ったカップを持ちあげる。「演奏する楽曲はみんなで選んだのよ」

「他に候補はあったのか？」と、名越。

「チック・コリアの『スペイン』と、『ノースウッド』」

「スペインは上条の趣味だな。吹奏楽でやったらおしゃれだろうけど」

「みんなに却下されたよ」いつにもまして元気がないハルタ。

「ノースウッドは私の趣味」と、成島さん。

「それも反対されたのか？」

成島さんは首を静かに横にふる。「できないの」

「できない？　どうせ少人数でアレンジするんだろう？」

成島さんはまた首を横にふり、名越を見すえた。

「ノースウッドはね、前半のサックスがどうしても外せないの」

名越の表情が濁るのを、わたしは見た。沈黙があった。彼の口からふっと乾いた息がもれる。

「――わかったか？　穂村。このふたりはうちの部員のマレンを欲しがっているんだよ」

「欲しがるだなんて」成島さんの声のトーンが落ちた。「本人の人格を無視したようないい方はしないでほしいわ」

そばで聞いていたわたしとハルタは縮こまる。すみません。かつて成島さんの人格を無視していた時期がありました。ストーカーみたいにつきまとって家に上がりこんで、夕食をご馳走になったこともありました。

「だったらどんないい方があるんだ？」

名越はまっすぐ成島さんを見る。瞬きもなく、凝視と呼ぶのが相応しい見つめ方に、成島さんが先に目をそらした。

さすがにわたしは緊張して、「あの」と、口をはさむ。「……成島さん、マレンと知り合いなの？」どことなく彼女の雰囲気からそう感じさせるものがあった。

「知り合い？　そうね。中学の頃の私の学校って、いまと同じように部員がすくなかったから、夏は四、五校集まる合同合宿に参加していたの。マレンはそこで目立っていたわ。父親が元サックス奏者だから技術はずば抜けていて、まわりとのコミュニケーションも長けていた」

「コミュニケーションに長ける？　抽象的だな」名越がいちいち茶々を入れる。「マレンと付きあいの長い俺にもわかるように説明してくれ」

「彼って日本語は流暢じゃなかったけれど、的確な言葉を選んでゆっくり話してくれるから逆に話しすぎるひとよりも伝わりやすいのよ。まわりは私も含めて理論や理屈に偏ったひとばかりだったけど、彼のアドバイスは不思議と耳に残ったわ」

「……確かにあいつのいいところだな」名越がしみじみといった。「で？」

「で？」ハルタが鸚鵡返しにする。

「結局、マレンを吹奏楽部に誘いたいんだろ？」

「それをいっちゃあ……」

身も蓋もない、といいかけたハルタを成島さんが制した。

「どうしてマレンはサックスをやめたの？　さっきだって私を無視していた。彼になにがあったのよ？」

「俺はあいつのカウンセラーじゃないぜ」

「さっき、付きあいが長いっていったじゃん」

むきになる成島さんをわたしは見つめる。名越も両目を大きくさせていた。

「もしかして特別な感情でもあるのか？」

「なによそれ」

「好きになっちゃったとか」

「えっ、うそ」わたしは目を輝かせる。

成島さんのあまりの静けさに、名越もわたしもだんだん恐ろしくなってきた。

「オーボエはサックスに恋をしているんだ」針のむしろみたいな沈黙を払ってくれたのはハルタだった。「ホルンだって恋をしている。高音域の旋律を担当するトランペットやサックスが上手くないと、肉声を担当するオーボエやホルンは活きないんだ。成島さんの中学の吹奏楽部が抱えていたジレンマがそこ。ぼくらの吹奏楽部の抱える問題点もそこ」

「つまりオーボエとホルンのラブコールか」名越は、ちらと成島さんを見る。そういうことにしてやる。そんな目だった。「で、フルートは？」

わたしはウエイトレスにドーナツのおかわりを注文した。「え。なにか用？」

「まあいいや」名越は達観した目で椅子の背に深くもたれた。「まず最初にいっておくが、俺は高校に入学してすぐマレンに吹奏楽部の入部を勧めたんだぜ」

「そのへんをもうすこしくわしく」ハルタがいった。

「あいつがおかしくなったのは、中学の卒業式が終わって春休みに入ってからだ。ネガとポジのような変わりようだったな。普段持ちあるいていたサックスも見なくなった」

「だからなにがあったのよ？」成島さんが苛立たしげにいう。

「さあな。俺はマレンの両親に電話で呼ばれて何度も家に行っている。『七面鳥の丸焼きを食べたくないか、ナゴエ？』とか、『でかいハンバーガーをつくったんだが頬ばりたくないか、ナゴエ？』ってな。そういう大人は嫌いじゃない。両親は心配している。マレンはなにもいわない。俺にもさっぱりわからない」

成島さんが大きなため息をつき、名越はつづける。

「マレンを演劇部に誘ったのは俺だ。あいつは背が高いから、帰宅部になってもバレーボール部のしつこい勧誘を受けていたんだ」

「わかるわかる」わたしはドーナツをもぐもぐさせながらいった。「背の高いひとなら初心者でも喜んでシゴいて育てるからね」

「そうだ。俺はマレンの親友であると同時に、恩人でもある」

「へえ」ハルタが疑わしそうに声をもらす。「ぼくはてっきりマレンを流行りのアジア系二枚目俳優みたいに仕立てあげて、安易な集客力をあてにする腹づもりだと思ったよ」

名越が動揺した。図星だ、この顔は。

「やる気がないマレンの扱いに困っているんだろう？」と、ハルタ。

「お、俺は構わないぜ」

「それじゃあ他の演劇部の部員にしめしがつかない」

名越は黙った。

「頼むよ」ハルタがテーブルの上で頭を下げた。「もう一度、高校に入学したときと同じようにマレンの背中を吹奏楽部に押してやってくれないかな。サックスは吹かなくたっていい。いまの名越の代わりになれるようぼくたちは努める」

わたしも成島さんも固唾を呑んで名越を見つめる。

名越はしばらく考えてから、口を開いた。

「無理だな」

「どうして？」ハルタが顔を上げる。

「それであいつが抱えている問題が解決できるとは思えない」

「もっともだ。でも、環境を変えるだけでも意味があると思わないかい？」

「思うよ。俺だってマレンは吹奏楽部にいたほうがいいと思っている。だがいまは演劇部の一員だ。たとえお荷物と陰でささやかれようが、演劇の魅力を伝えられず、一度も舞台に立たせないまま背中を押すのは無責任だ。たった十か月でも俺たちと一緒にいた軌跡をちゃんと残してあげたい」

「そんなの、あなたの自分勝手なエゴじゃないの？」

我慢できないように成島さんが声を荒らげた。でも、わたしには名越が間違ったことをいっているとは思えなかった。いらないからあげる、と名越はいわなかった。わたしは名越が不快になるのを予想した。その予想は外れた。名越は静かな目の色を返すだけだった。

「成島。これは俺のエゴじゃないぜ。高校を卒業しても俺たちの人生はつづくんだ」

「……どのくらい待てばいいんだい？」と、ハルタ。

「わからない。だが努力はしている。今日、上条と成島に手伝ってもらったのはアマチュア劇団の舞台片づけだ。雑用を引きうける代わりに前座に出させてもらっている。十五分のショートだがオリジナルの戯曲でやっているよ」

成島さんはうつむいている。テーブルの上に載せた手をかたくにぎりしめていた。見ていてかわいそうだった。

「あのさ」わたしは小さく手を上げた。「演劇部も吹奏楽部もマレンも、みんながハッピーになれる公演を演出できればいいんでしょ？」

ハルタも名越もわたしを見かえす。

「穂村。おまえ、たまにはいいことをいうな」名越はわたしに、ドーナツでも食うか？と、皿を寄せてきた。「俺はそういう前向きな意見を聞きたかったんだ。吹奏楽部も演劇部の活動に、できる範囲で参加してみたらどうだ？一緒に力を合わせれば、マレンの気持ちもどこかで変わるかもしれない」

「いいアイデアだ」ハルタがうなずいた。「いいだしっぺのチカちゃんに代わって、ぼくが戯曲をつくろう」

「できるのか？　上条。劇作家の道のりは険しいぞ」

「できるよ。来週の金曜日までに」

わたしも成島さんも驚いてハルタを見た。いったいなにを考えているの？　そんな自信、どこから湧いてくるのよ？

「ほお」名越が顎に手をそえ、興味深そうにハルタを見やる。

「マレンが出演できるような戯曲だ。マレンがいつまでたっても演劇に興味が湧かないのは、きっと名越の演劇に対する愛情が足りないからだ。ぼくらのマレンに対する愛情が勝っていることを証明するいい機会だ」

「ほおほお」名越の頬が引きつっている。「それは楽しみだ」

「ちょっと」成島さんが尖り声をあげた。「上条くん、そんなこといってだいじょうぶなの？」

「心配ない。ぼくだったら名越と違って最高傑作をつくることができる」

「ほおほおほお」名越は一羽の梟と化していた。そのままほーほーとどこかに飛んでいきそうだった。「実に楽しみだ。そうと決まったら時間を無駄にできないな」と、伝票を取りあげる。

ハルタと成島さんは思いだしたように、はあと疲れた息をもらした。

「……みんな、これからなにをするの？」

お腹がいっぱいになったわたしも帰り支度をはじめていった。

「まだ、ステージの掃除が残っているんだ。四人もいれば一時間で終わるよ」名越が上着を羽織りながらこたえる。

「四人だったらすぐ終わるな」ハルタの声がほんのすこし明るくなる。

「そうね。四人で力を合わせれば……」成島さんも急に元気が出てきた。

え？　わたしは自分を指さした。なんなのよ、みんな！

2

どうやら本気らしい。

授業の休み時間、昼休み、そして、部活がはじまる前まで、音楽室の隣にある準備室にハルタが閉じこもっているときは、「戯曲を創作中。決して中に入っちゃいけません」という注意書きがドアに貼られた。もちろん吹奏楽部のみんなには事情を話してある。

水曜日までは我慢できたけど、木曜日にはうずうずして、金曜日の放課後にはわたしも先輩たちも、準備室の貼り紙を見ながらドアを開けたい衝動に駆られていた。

「木下順二の『夕鶴』みたいね。生まれるわよ、傑作が」

成島さんがオーボエのケースを抱えて背後に立っていた。わたしの耳に口を寄せてささやく。

「協力者がいるみたいよ。昨日、中から三人の話し声を聞いたひとがいるの」

「三人……？」

「時間だな」部長の片桐さんが腕時計に目を落としてドアをノックした。「おーい、上条。そろそろ練習をはじめるけどいいかー」

ドアが内側から開き、ハルタが一枚のルーズリーフを手にしてあらわれた。

「つ、ついにできたのね！」

みんなでハルタを囲んだ。いまにも胴上げをしそうな勢いだ。ハルタが一歩進んで部長の片桐さんを見あげる。

「部長、これから演劇部の部室に行ってきてもいいですか？」

片桐さんは腕組みをして困った顔をした。ハルタが持つルーズリーフに目をとめる。

「上条、それでみんながハッピーになれるのか？」

「……たぶん」ハルタがこたえる。

「そうか」片桐さんはまぶたを閉じた。「じゃ行ってこい。先生にはおれからいっておく」

ハルタが頭を下げて廊下を走っていった。「さあ練習だ」と、片桐さんの声とともに部員たちはぞろぞろと音楽室に入っていく。成島さんはハルタのいなくなった方向をしばらく見つめていたが、やがてその目を落として踵を返した。

（みんながハッピーに……）

その言葉を繰りかえし考えた。素敵な言葉だ。わたしは我慢できなくなって片桐さんの腕をつかむと、上目遣いでお願いした。

「あの。わたしもお目付役で一緒に行ってきていいですか?」

演劇部の部室は旧校舎の一階にある空き教室のひとつだった。両端に机が寄せられ、ジャージ姿の部員たちが車座になって談笑している。

マレンはいなかった。

名越の正面でハルタがふんぞりかえっていた。名越は例のルーズリーフを真剣な顔で読んでいる。

「失礼します」教室に入ると、「ああ、チカちゃん。いいところにきた」と、ハルタが反応した。

「……どう?」

「どうもこうも、これが没になるわけがないよ。だけど念を入れて、今回の戯曲には日本中の大人やこどもに愛されているキャラクターを採用させてもらった。はっきりいって隙がないね」

「へえ」

わたしは名越の背後にまわりこみ、ルーズリーフを一緒に眺めることにした。

『彼女がガチャピンをはねた日』

携帯電話のみのシチュエーションコメディ。あるカップルの物語。彼氏役と彼女役にスポットライトがあたる。彼氏のもとに彼女から携帯電話で連絡が入る。動揺している彼女を落ちつかせて話を聞くと、どうやら自転車でなにかをはねてしまったらしい。被害者の状態を聞くと……

・緑色の服を着ている。
・挙動不審。
・だいぶ太っている。なれなれしい。
・近くの電信柱から赤い服を着たひとが見ている。なんか目が飛びでて毛深い。

以上を総合するとどう考えても被害者は「ガチャピン」しかありえないと判断した彼氏は、彼女に適切な指示をはじめる。

保健所に通報する前にアニコム（動物保険）に加入しているか、と問いただす彼氏。

遠慮がちに中に人間が入っているんじゃないか、だから総合病院に連れていく、と彼女。

ばかなことをいうな。船長が南の島からタマゴを持ってきてそこから孵化したのがガチャピンなんだ、みんな知っているぞ、と急に怒りだす彼氏。

だったらその船長を連れてきてよ、と彼女。

ムックは実はイエティだから無理！　とわけのわからないことを叫ぶ彼氏。

実は一番動揺しているのは彼氏ではないか、と疑いだす彼女。

そこへ船長と名のる謎の中年男が彼氏サイドに登場！　彼女サイドには、近くの小学校から地球環境保護倶楽部のこどもたちが乱入！　そして、明かされる衝撃の真実！

ガチャピンはいつになったら病院に連れていかれるのか？

……中のひとはだいじょうぶなのか？


わたしはハルタを見た。「あんたバカでしょ」その言葉が喉から出かかった。顔の筋肉を総動員して笑顔をつくると、「うわあ。すごくおもしろい」と、棒読みでいった。「そう思わない？　名越」

名越は蝋人形のようにかたまっていた。その顔からはどんな表情も読みとれない。唖然としているのか、怒りをためているのか、実は内心ちょっとだけウケているのか、さっぱりわからない。

「おもしろいよねー、名越」

わたしは犬をなでなでするみたいに、名越の頭をつかんで揺さぶった。名越がはっと我に返る表情をした。「ひとつ聞く」低い声だった。「……マレンはいったいどの役で？」泣きだしそうな声にも聞こえた。

ハルタは腕組みをして考えこむ。大作家にでもなったような妙な貫禄をかもしだしていた。

「地球環境保護倶楽部のこども役はどうだろう？　鼻筋に青っぱな、頬に赤丸、もちろんゼッケンをつけた体操着姿がいい」

名越はルーズリーフに両手をかけると、びりびりと破りすてた。

「ああっ、ぼくの一週間の智慧と汗の結晶が……」

ハルタが腹ばいになって、破れた紙片をかきあつめる。

名越が立ちあがった。「おまえ、演劇を舐めているだろ？」

「舐めているのは名越じゃないか。すくなくとも文化祭公演の脚本よりも、こっちのほうが断然おもしろいぞ。だいたいなんだ、あのぐたぐたの内輪向けコメディは。あんなのを観させられるなんて、罰ゲームにしか思えない」

「なにを……」名越がはっと気づく表情をする。「まさかアンケートで長文の酷評を書いてきたのはおまえか」

「批判と一緒に代案を出したはずだ」

「あれを酷評っていうんだよっ」

「だいたい元ネタの戯曲をこっそり登場人物から筋書きまでなにからなにまで改変するなんて、著作権侵害で劇作家に訴えられるぞ」

「これを書いたおまえにいわれたくないぞ！」

名越もハルタも頭に血がのぼり、目を剝いていい争っていた。ちょっと、ちょっと……。わたしはおろおろしてまわりの演劇部員を見る。また、部長が熱くなっていますよ、はは、と、お互い顔を見あわせて乾ききった笑みをもらしていた。

「まだ、ぼくやチカちゃんのほうが、名越より役者として素質がある」

ハルタが吐きすてる。え？　いまなんていった？

「……ほお」

名越が口を閉ざす。わたしは人の顔から血の気が失せる様をはじめて見た。

「前からいおうと思ってたけど、部室をアトリエと呼ぶその言語感覚が気に食わなかった」ハルタははあはあと息を切らして立ちあがると、両手を広げて目測をはじめた。「ほら、この教室は吹奏楽のパート練習をするにはもってこいだよ、チカちゃん！」

なんてことを。わたしはいい加減にハルタをとめようとした。苦労してつくった戯曲を破られたからといってやりすぎだ。

「俺も前々から、吹奏楽部が騒音をたてている駐輪場の広場が、演劇の発声練習に使えないかと思っていた」

名越のつぶやきにふりむく。ごめん。いまハルタを謝らせるからね。

「とくにフルートが耳障りだった。俺の妹のリコーダーのほうが千倍は上手い」

「……なんですって？」

「俺の親父の鼾のほうが、穂村のフルートより美しいメロディを奏でる」

「……ちょっと。なによそれ」

ハルタがぽんとわたしの肩に手を乗せる。「ほら、こういうやつなんだよ。いまのうちにハエのように叩きつぶしたほうが吹奏楽部のためになるんだ」

名越の目が血走った。「奇遇だな。俺もそれを考えていたところだ」

「どうする？」鼻先を近づけるハルタ。

「おまえらと演劇勝負だ。俺より役者の素質があるんだろう？」と、名越。

「待ってよ」わたしはふたりの間に入った。「演劇勝負だなんて、演劇部に勝てるわけないじゃないの。やっぱりやめようよ、こんなの」

「……穂村、別に演技技術なんて特別なものじゃないぜ」

「は？」

「おまえだって日常で演じているだろう。好きなひとにどうやって好かれるかということばかり考えていないか？　彼に好かれ、彼のお気に入りになることが、最大の関心ごとじゃないのか？」

わたしはかっと熱くなった。ハルタがわたしの前に出る。

「おもしろいね。名越はだれと組むんだい？」

「うちの看板女優を紹介しよう」

名越の目配せで立ちあがる女子がいた。厚い眼鏡、おさげにした髪。わたしがいうのもなんだけど、看板女優と呼ばれるほど冴えた容姿ではない気がする。

「藤間弥生子。マヤと呼んでやってくれ。家はラーメン屋だ」そして、名越はわたしたちに顔を近づけて声を潜める。「……こいつは本物だ」

隣でハルタが笑いを堪えるのに必死になっている。

彼女は無言でぺこりと頭を下げた。まともな部員に思えた。見た目の印象だけで偏見を抱きそうになったわたしは自分を恥じた。

「藤間さん。わたしたちで、ふたりの喧嘩をとめましょうよ」

わたしが差しだした手を彼女は払いのけた。なに？　なんなの？

「ああ」と、名越は思いだすようにいった。「いま藤間は部長命令で『半年前に保護されたばかりのオオカミ少女』になりきっているんだったな」そして、ぱんと手を叩いた。「おい藤間、目を覚ませ」

わたしは名越を押しのけ、藤間さんと向きあい、彼女の小柄な両肩をゆすって必死に訴えた。

「いいの？　貴重な青春時代をこんな部長に支配されても？　ね？　やめようよ、こんなの」

なにがおもしろいのか、わははと、名越は笑っている。「おい藤間。青春なんぞを純化しているその小娘になにかいいかえしてやれ」

藤間さんは真顔ですこし考えていた。やがてなにかを断ちきったように顔を上げると、か細い声でいった。

「……安定は役者の敵です」

頭のおかしな同級生がまた、わたしのまわりに増えた。

「上条。勝負の日時は明日の土曜の放課後、場所は体育館のステージでいいか？」

「望むところだ」と、ハルタ。「負けるつもりはない」

「内容は即興劇。ただしおまえらのハンデとして心理ゲームにしてやる。演技を競うのではなくて、こちらが提示した条件を先にクリアしたほうが勝ちだ。マレンを含めて観客を集めておくぜ」

え？　わたしは名越を見つめる。名越の視線がわたしたちを飛びこえ、教室の引き戸を向いていたからだった。

「――いいですよね？　草壁先生」

わたしはふりむく。教室の半分開いた引き戸に、草壁先生がコピーしたスコアを片手に寄りかかっていた。

「受けて立つよ」

草壁先生は挑発的な笑みを浮かべていた。

3

土曜日の放課後、わたしは体育館のステージの上で茫然と立っていた。客席には折りたたみの椅子が四十脚くらい並べられ、吹奏楽部のみんな、演劇部の部員とOB、そして、名越のクラスの友だちでほとんど埋まっていた。練習前の女子バスケットボール部やバドミントン部の部員まで興味深そうに遠くから眺めている。心なしかどんどんギャラリーが増えていく気がする……

演劇部と吹奏楽部の代表がそれぞれの威信をかけて演劇対決を行う。朝からそんなふれこみが学校中の生徒に広まっていた。

いったいなんでこうなっちゃったの？

ふと見ると客席の一番後ろにマレンが座っていた。名越に強引に誘われたのか、居心地の悪そうな雰囲気を漂わせている。離れて座る成島さんが気にかけている様子だった。

「じゃあはじめようか」

ステージの袖から名越と藤間さんが颯爽とあらわれ、ハルタが客席からステージに上がってきた。演劇部の部員たちが拍手し、それは客席全体に広がった。

名越が両手を上げ、よく通る声でわたしたちに説明する。

「内容は簡単な即興劇だ。設定されたシチュエーションでそれに合った役柄になりきる。そして制限時間内にこのステージから退出すればいいだけの話。名づけて『退出ゲーム』」

「……退出って、このステージから下りればいいの？」わたしはたずねた。

「そうだ。簡単だろ？　最初のお題は『恩師の送別会において、最後の別れの挨拶の前に退出する』だ。どんな理由をでっちあげてもいい。相手のチームはそれを阻止する。想像力を駆使して退出方法を考えてくれ」

わたしはハルタを肘でつつく。「もっと難しいことをやらされるかと思った。簡単そうで良かったね」

「想像力には自信がないけどなあ」と、ハルタがいった。

「まあ恩師はだれを設定してもいいけど、きみらの場合は草壁先生を想定してもいいんじゃないの？」

わたしはむっとしたが、ハルタを見ると素でかたまっていた。きっとひとより長けた想像力に押しつぶされそうになっているのだろう。

名越がにやにやと笑う。「そうそうその表情……。真に迫るね。でもこれは芝居だからね？　そこを忘れないでほしい。ちなみに前半戦は四人でやるわけだけど、観客のみんなを楽しませて退出してくれないと困るよ？　本当はこのゲームは奥が深いんだけど、やってみればわかるさ。基本的に発言に対して否定をする場合、はじめに肯定をしてから否定しないと、話がうまくつながらなくなるから気をつけてね」

「え？」

わたしの当惑をよそに名越が合図をした。ステージに設置された巨大なホワイトボードが裏返る。そこにはマーカーで次のように大きく書かれていた。

演劇部VS吹奏楽部　即興劇対決　前半戦
お題『恩師の送別会において、最後の別れの挨拶の前に退出する』
出演
名越俊也（演劇部部長）
藤間弥生子（演劇部女子。看板女優）
上条春太（吹奏楽部下っ端）
穂村千夏（右に同じく下っ端）
以上四名。制限時間十分。

「下っ端か……」ハルタが憎々しげにつぶやく。
「それじゃあスタート！」
名越の声とともに客席からぱちぱちと拍手が湧いた。

わたしは深呼吸をして拍手がやむのを待つ。こんなゲームに長々と付きあうわけにはいかない。拍手が完全にやんでから挙手して、ステージの中央に進んだ。

「ト、トイレに行ってもいいですか？」

名越も藤間さんも呆気に取られる。観客はしんとして、演劇部の部員からため息がもれた。それはないよな、という小声がした。やがてそれはぶーぶーというブーイングに変わった。

わたしはゆっくりと首をまわした。みんなわたしを不満そうに見つめている。改めて観客の存在に気づいた。

名越がステージの中央に歩いてきて、わたしと観客に向かっていった。

「いきなり生理現象ですか？　まあいいけど

さ。きみは恩師の挨拶の前にトイレに行きたいといった。それは仕方がない。しかしこのシチュエーションからの退出理由になっていないことはわかるよね？　それは途中退出であり、戻ってくることを前提としているからさ」

なるほど、と客席から納得する声がした。それはなんと吹奏楽部の片桐部長だった。完全に楽しんでいる。裏切り者め。

ハルタがうなずいている。わたしもだんだんとわかりかけてきた。

「じゃあ試しにこういうのはどうだろう？」

ハルタがつぶやき、携帯電話を取りだした。いきなり飛びあがって叫びだす。

「えっ、父さんが交通事故？　病院はどこ？　すぐ行く！　みんなごめん！」

観客が騒然とした。ハルタは勝ちほこった表情で携帯電話をしまう。確かにこの状況なら退出しないわけにはいかない。客席の吹奏楽部のみんながガッツポーズをする。

すかさず名越が携帯電話を取りだした。

「母さん？　上条くんのお父さんをはねた？　それで……はねたショックでちょっぴり上条くんのお父さんの頭がよくなったみたいだって？　それでお父さん、走って逃げた？」

爆弾が落ちたような笑い声が観客から湧いた。二の句が継げずにいるハルタの首に、名越が腕をまわす。

「バカボンのパパみたいなこともあるんだな。よかったじゃん。明日から賑やかになりそうで」

体育館が盛大な拍手で埋まった。そうだそうだー。明日から上条家はおもしろくなりそうだー。遊びに行くぞー。客席から楽しそうに同調する声が飛びかい、ハルタがすごすごとわたしのそばに戻ってきた。この負け犬め。

「おまえら、本当になにもわかってないな」

名越の呆れる声。客席にも届く声が響いた。

「いいか？　このゲームはいかに退出を阻止するかがポイントになるんだ。両者の言い分を観客が審査する。頭の回転が速くて優秀な『退出を阻止する側』がいれば、場をしらけさせるような退出理由なんて、いくらでもブロックされることを肝に銘じておくんだな」

わたしとハルタは息を呑む。

「それじゃあ仕切り直しだ」

名越が宣言すると、突然藤間さんが膝を崩して泣きはじめた。小柄な身体を震わせ、こみあげる嗚咽と全力で戦っている……ように見える。名越が近づいて藤間さんの肩に手をのせた。藤間さんは嫌々するようにその手をふりはらった。名越は困惑し、「俺はおまえのことをずっと——」

と、声をつまらせている。

わたしはハルタに耳打ちした。

「なにがはじまってるの？　笑っちゃうんだけど」

「退出ゲームといったって、これは芝居だろう？　彼らの中では即興劇がはじまっているんだよ。恩師にずっと片想いしている女子生徒と、その子にずっと片想いをしていた男子生徒ってところだね。ほら、あそこを見てごらん」

ハルタはステージに設置された別のホワイトボードを指さした。そこに演劇部の部員のひとりがマーカーでなにかを書きこみ、わたしたちと観客に見えるように動かしている。

・藤間は恩師に片想いをしている。そんな藤間に名越が片想いをしている

「……ひとつ設定が加わったわけだ」

ハルタがわたしにささやきかえし、わたしは苦い顔を返した。

「ほらチカちゃん、あいつらのペースになる前に阻止するんだ」

ハルタがわたしの背中を押し、仕方なくわたしは藤間さんに近づいていく。手を上げて観客と藤間さんの注意を引いた。

「藤間さん。想いをちゃんと伝えなきゃだめよ。先生が持ってる新幹線のチケット、最後の挨拶が終わってすぐ教室を出ていかなければ間にあわないんだったよね。……なんとかするわ。すくなくとも新幹線が一本以上遅れるようにする。その代わり、わたしはもう戻れなくなるかもしれない。それでもいいの。藤間さん、そこにいる名越に惑わされちゃだめ！　じゃあわたし、行ってくる！」

踵を返すわたしを、案の定名越がとめた。

「おい、どこへ行くつもりだ？」

「ばばば、爆破予告の電話をしにいくのよ、この身と引き換えにね！　すぐつかまらないように街の公衆電話からかけてくるの。学校から一番近い公衆電話はここから走って十分以上かかるわ」

おおっ、と、客席からまばらに拍手が湧く。

「それじゃ、はい」と、名越がわたしに携帯電話を渡した。

「携帯電話じゃだめなの！　すぐ身元がわかっちゃうじゃない！」

そうだよな。客席からぽつりと声がもれる。いいぞー、穂村ー。そのまま行けー。吹奏楽部のみんなが応援してくれる。みんなありがとう。代わりのフルート奏者は見つけるからなー。うるさい。

「それプリペイドだからだいじょうぶ」

名越がいって、わたしは立ちどまる。観客も静まりかえった。

「――へ？」

「爆破予告の電話、楽しみだなあ」

わたしは思わず喉をつまらせた。恐る恐る客席に首をまわす。吹奏楽部のみんなは青い顔をして、演劇部の部員や名越のクラスメイトがくすくすと笑い、期待をこめた目で見つめている。

わたしは赤面し、顔を両手で包んで座りこんだ。「……だめ。やっぱりできない。犯罪はよくないっ」

だよな、と、客席からぱちぱちぱちぱちと拍手が湧いた。なんなのよ。

ステージのホワイトボードに新たな設定が加わった。

・最後の挨拶が終わったら、先生は新幹線に乗るために教室から出ていく

ハルタがわたしのそばにきて、「次はチームワークでいこう」と耳打ちした。観客を意識して

ステージの中央まで大股で歩き、くるりと身体を翻して名越と向きあった。「そういえば名越、最後の挨拶が終わったら先生をみんなで胴上げするんだったよな？」

「……ああ、そうだったな」

ステージのホワイトボードにまた新たな設定が加わった。

・最後の挨拶が終わったら、先生を胴上げ

わたしは機転を利かせる。「藤間さんっ、胴上げのときに先生に想いをぶつけちゃいなよ？」

藤間さんがはっと顔を上げ、また、伏せる。「みんな見ているし……恥ずかしい」

「心配はいらないよ」ハルタが藤間さんの前で屈み、安心させるように肩に手を乗せる。「胴上げのとき、そこにいる名越のアイデアで、先生との思い出の音楽発表会の演奏——第九を放送室から流す予定になったんだ。な？　名越」

「……ああ、そんなこといったかな」

名越が合わせてくれる。

「そうよ！」わたしもハルタと並んで藤間さんの前に立つ。「わたしが放送室に行ってボリュームを上げてくる。だから藤間さんは胴上げのとき、先生の耳元ではっきり聞こえる声で想いをぶつけちゃって。だいじょうぶ。たとえ他のクラスから苦情がきても、わたしが放送室に籠城して、だれにも藤間さんの邪魔はさせないから！」

「チカちゃん、行ってきてくれるのかい？」と、ハルタ。

「うん。行ってくるね！」と、わたし。

わたしとハルタは同時に客席をうかがう。拍手がどっと湧いた。いいぞー。藤間さーん、第九と一緒に想いをぶつけちゃえー。よし。確かな感触をつかんだ。わたしとハルタが連係すればこんなものよ。わたしは急いでステージ端まで走り、階段に足を伸ばした。決してふりむかない。名越と藤間さんの静けさが不気味に思えたからだった。

「ああ、そのことだが」

と、名越がわたしをとめる。やっぱりきた。

名越は制服のポケットから、体育の授業で先生が使うようなホイッスルを取りだした。

「……実はその演奏を、急遽この『ホイッスル』ですることに決まったんだ」

観客がざわめいた。

「どうやって一個のホイッスルで演奏するんだ！　それにそれは楽器じゃないし、音程がつけられないだろう？」ハルタが嚙みついた。

するとさっきまで泣きじゃくっていた藤間さんが、静かにポケットからもう一個のホイッスルを取りだした。観客が爆笑した。さすがマヤだ。ぬかりない。名越がホイッスルを口にくわえて叫ぶ。

「ホイッスルの連奏だ！」

なんとなく第九のように聞こえる演奏をふたりで交互にピーッ、ポーッと吹きはじめた。観客の笑いはとまらない。成島さんや草壁先生まで笑いをこらえている姿を見て、負けたと思った。

「連奏ならぬ、連吹か。ある意味感動的だね、チカちゃん」

ハルタが膝を折り、わたしもへたりと座りこむ。

そのときジリリリリと目覚まし時計のようなベルが鳴った。終了時間の十分だった。客席から大きな拍手が湧いた。中には立ちあがって、まだ、学校に残っている友だちを呼びにいく生徒もあらわれる。

え？　嘘でしょ？　これからまだ、ギャラリーが増えるの？

名越と藤間さんはステージの中央で不敵な笑みを浮かべていた。

「……チカちゃん、よくない状況だよ」ハルタがひそひそとつぶやく。

「……どうして？」わたしは疲れきった声を返す。

「名越たちはまだ、一度も退出側にまわっていないんだ。後半戦で一気に勝負をかけるつもりで、ぼくたちをもてあそんでいたんだよ」

「そんな」力の差を見せつけられた気がした。

名越がわたしたちの前で仁王立ちをする。いや。そんな目で見ないで。ヘビに睨まれたカエルの心境だ。名越は観客とわたしたちの反応を交互にうかがい、みんなに聞こえる声で叫んだ。

「俺は弱い者いじめをする趣味はない。だから吹奏楽部にハンデを与えてやる」

「え」わたしとハルタは同時に声をあげる。

「後半戦はお互いの陣営に一名ずつ追加する。三人寄れば文殊の智慧というだろう？　このピンチを切りぬけてみろ」

名越が片手を上げると、ステージのホワイトボードが裏返った。新たに書きこんでいた演劇部の部員が走りさっていく。

観客のみんながホワイトボードに注目する。信じられないように立ちあがるふたりの生徒がいた。

演劇部VS吹奏楽部　即興劇対決　後半戦

お題『ニセ札犯、時効十五分前の状況で、潜伏場所から退出できるか？』
出演
名越俊也（演劇部部長）
藤間弥生子（演劇部女子。看板女優）
マレン・セイ（演劇部部員）
上条春太（吹奏楽部下っ端）
穂村千夏（右に同じく下っ端）
成島美代子（右に同じく下っ端）
以上六名。制限時間十五分。

4

「なんで私が、ステージの上で生き恥をさらさなきゃならないのよ！」
成島さんがステージの上でハルタの胸ぐらをつかみ、激しく揺らした。その光景に観客がくすくす笑っている。わたしはさっきまで生き恥をさらしていたかと思うと密かに落ちこんだ。

「ぜったいいや。いやよいやよいやよいやよいやよいやよ」

振り子人形のように首を揺らすハルタは、「文句があるならあいつに」と、ステージの中央に立つ名越を指さした。

「成島、潔くあきらめろ」

「あんたねえ」

いいかけた成島さんが口をつぐむ。名越の背後に、ステージに上がってきたマレンが近づいたからだった。戸惑った表情を浮かべている。

「……名越、僕には無理だよ」彼もまた、名越と同じようによく通る声をしていた。

「どうしてだ？」

マレンは目を伏せて首を横にふる。「僕、みんなのような才能がないよ。ただ立っているだけになるから、即興劇にはならないよ」

「そうよ、そうよ。私だってやる気のこれっぽっちもないからね！」

成島さんが人差し指と親指でつくる「これっぽっち」は本当に微塵もない。名越は観客にもわかるように大袈裟なため息をついてみせた。

「やれやれ。芝居をばかにする者は芝居によって泣かされる。すこし趣向を変えることにしよう」

そういってホワイトボードの前に立ち、マーカーで追記した。

勝利条件
・名越と藤間は成島を退出させる
・上条と穂村はマレンを退出させる

名越は満足そうにマーカーのキャップを締める。

「これで全員参加の即興劇になる。いいぞ？　別に黙って突ったっていても」

「なに？　私、この悪魔のような演劇部のふたりにいじられるわけ？」

成島さんが泣きそうな顔になる。芝居をばかにする者が芝居によって泣かされる瞬間だった。

「ふうん」名越と同じように、観客にも聞こえる声で反応したのはハルタだった。「たとえマレンにやる気がなくて、黙って立っているだけでも、あの手この手を使って彼を退出させればいいわけだ」

マレンがきょとんとする。その目をゆっくりとハルタに向けた。涼しげな目に一瞬興味深い光が宿った気がした。「そんなこと、できるの？」

「やらなければ、ぼくたちは勝てないじゃないか」よせばいいのにハルタがムキになる。
「――よし。じゃあはじめようか」
名越が両手を広げて観客の拍手を誘った。客席から大きな拍手が湧いた。わたしは息を呑む。立ち見客もいて、さっきの倍近くの人数にふくれあがっている。後半戦の『ニセ札犯、時効十五分前の状況で、潜伏場所から退出できるか？』という即興劇がはじまった。
演劇部の部員たちがステージの袖から素早くやってきて、わたしたちひとりずつに毛布を配っていく。

「なに、これ？」わたしは毛布を抱えて名越にたずねる。

「小道具だ。うちの看板女優を見ろ」

名越が指をさした方向に、毛布にくるまって身体をがちがちと震わせる藤間さんがいた。追いつめられたように親指の爪を噛み、ひとり言をくりかえしている。ふうん。潜伏場所には暖房がないんですね。名越が毛布をかぶって丸まり、マレンもそれに倣ってあぐらをかいた。ただし毛布はそばに置き、静かな目をしている。

わたしたちも頭から毛布をかぶり、三人でくっつきあう。

「……名越を相手に勝てるの？」成島さんが小声でいう。

「なるほど。認めているんだね。その方法を考えた」ハルタがささやきかえす。

「え」と、成島さんとわたし。

「冷静に考えれば、この退出ゲームは詰め将棋と同じだ。駆け引きと状況の組みたてで、名越たちがマレンを退出させざるを得ない状況に持っていけばいい」

「そんなことできるの？」わたしは声を潜めていった。

ハルタが名越を見てにやっと笑う。「芝居に溺れる者は芝居に泣いてもらおうか」そして、意味のわからない言葉をつぶやいた。「つれづれの長雨にまさる涙川袖のみ濡れて逢うよしもなし」

「なんなの?」成島さんが不思議そうにたずねる。

「この退出ゲームに勝つための魔法の言葉さ」

と、ハルタがわたしと成島さんの耳に口を寄せてきた。ハルタはこの芝居で、『いってはいけない言葉』を教えてくれた。

「――おい、上条」

苛立つ声がステージに響きわたった。名越だった。「もう芝居ははじまっているんだぜ」

ぶーぶーと、客席からブーイングが湧いた。そうだった。忘れていた。

「違うのよ。名越」わたしは勢いよく立ちあがり、毛布をかぶったままステージの中央に移動した。「ハルタがこのアジトにいないの」

「え」と、名越が虚をつかれる。

「どんなに捜してもいないのよ!」わたしは涙ながらに訴えるふりをした。

「ど、どど、どこに行ったんだ、あいつ?」名越が動揺している。

そのとき、いったん袖に隠れていたハルタが、毛布をかぶったままステージの中央にやってきた。なにかを抱えるしぐさをしている。

「なにやってたのよ、ハルタっ」わたしはハルタをなじる。

「……上条くん、その濡れたワンちゃんは？」成島さんも毛布をかぶって近づいてきた。

ハルタは息を切らしながら、「外はどうやら台風が近づいているらしい、人通りがすくないところで震えていたから連れてきたんだ」

「犬だと？　時効十五分前のニセ札犯に、犬なんてかわいがる余裕があるか！」

「待ってよ、名越」わたしは名越をいましめた。「この緊張がつづいた状態で、かわいいワンちゃんを必要としているメンバーがいるじゃないの」

わたしとハルタと成島さんの目が、さっきから毛布をかぶって震えている藤間さんに向く。

藤間さんは目をうるませて、両手を伸ばしてきた。

「ワ、ワンちゃん……」

この看板女優はノリがいい。

「ちっ。余計な小道具を増やしやがって」

名越が毒づき、ステージのホワイトボードに設定が加わった。

・ニセ札犯のアジトに拾ってきたワンちゃんがいる

「とにかくあと十五分隠れていればいいんだ」ハルタが毛布をかぶりなおした。「それにぼくたちは全員整形手術を受けているから、だいじょうぶだよ。ただ……」

「……ただ？」と、くりかえす名越。

「心配ごとは、この六人の犯行メンバーにやる気のない中国人がひとり交じっていることだ。彼がなにかドジを踏んでいなければいいけど」

ハルタを除く全員がはっとした。黙って座るマレンに視線が集中する。マレンの顔が青ざめた。

「おい。マレンはアメリカ人だ。訂正しろ」

気色ばんだ名越がハルタにつめより、慌てて立ちあがったマレンにとめられる。わたしも成島さんも緊張した。

「いいよ、中国人で」マレンがつぶやく。なんの感情もこもっていない声だった。

「設定追加だ」ハルタが冷酷とも思える声で演劇部の部員に指示をした。

ステージのホワイトボードに新たな設定が加わる。

・メンバーは全員整形手術を受けている

・六人の犯行メンバーに中国人がひとり交じっている

「……あのさ、名越」

わたしは手を上げる。ステージの端では成島さんがハルタの首を絞めていた。観客がくすくす笑っている。

「なんだ？」

「このアジトはいったいどんな場所なの？」

「ああ。実は……」

名越が藤間さんに憐れむ目を向けた。藤間さんは見えないワンちゃんを両手で抱えて頬ずりをしている。

「藤間がこんなふうに犬に癒しを求めるようになったのは、ふたつ理由があるんだ。ここは裸電球と水道だけがかろうじて使えるボロアパートの一室なんだよ。電話もラジオもテレビもない」

「なんだって？」喉元をおさえたハルタが苦しそうな声をあげた。「じゃあどうやって、時効日の零時十五分前という時間を計っているんだ？」

「俺の腕時計がある」

「それが正しい時間だって、どうやって証明するんだ？」

「俺様の腕時計は高級電波時計なんだよ！」名越が目を剝いた。「メイド・イン・ジャパンだ。このなによりも正確で緻密な電波時計がある限り、時間でインチキなんてできないからな。俺は演劇をばかにした上条を許さない。めたくそにしてやる、ばーかばーか」

「わかったから、わかったから」現代の高校生とは思えない罵声を吐く名越を、わたしはなだめることにする。お母さんになった気分だった。「で、藤間さんがおかしくなっちゃったもうひとつの理由ってなんなのよ？」

「ああ。実はな。このボロアパートは共有玄関を持つ木造二階建てで、この部屋の真上にはひとり暮らしの住人がいるんだ。俺たち以外はその住人しか住んでいない。で、毎晩十一時に帰ってくるその住人の足音に耳を澄ますのが、藤間の唯一の楽しみであったわけだ」

「……暗いわね」わたしは素直な感想をいった。

ステージのホワイトボードに設定が加わった。

・アジトの真上の部屋にはひとり暮らしの住人がいる
・その住人は毎晩十一時に帰ってくる

「よくもまあ、こまごまと」成島さんが客席に届く声でつぶやきすてる。

「おまえら吹奏楽部にいわれたくないぞ！」

名越がホワイトボードに羅列された文字を指し、観客がくすっと笑う。

「ここからが重要だ」名越は怪訝な面持ちになってつづける。「真上の部屋の住人が、今日に限ってまだ、帰宅していないんだ。俺たちの時効日になぜそんなことが起こるのだろうか？」

「たまたまよ」成島さんが一蹴した。

「そうね、たまたま」わたしも同調する。

「おまえら、バカか！　いまごろ警官たちが外で張っているから、こんな事態になっているのかもしれないんだぞ。見ろ！　この藤間の怯えようを！」

藤間さんが生まれたての鹿の赤ちゃんのように手足を痙攣させていた。本当に看板女優なのだろうか。しかし、観客が笑っていた。わたしは横目で見て、しまったと思った。名越は観客を味方につけはじめている。

「……このメンバーに警察と内通した裏切り者がいるかもしれないんだ」

「時効直前に内通してもメリットはないよ」ハルタが流れをとめようとする。

「そうだ。もしかしたら整形手術を受けたとき、入れかわった潜入捜査官がいるんじゃないのか？　そいつはメンバーのふりをして、今日まで俺たちをだましてきたんじゃないのか？」

ハルタがちっと舌打ちした。

「偽者？」わたしはハルタ、成島さん、名越、藤間さん、マレンを順に見まわした。

「俺の目は節穴じゃない」

「この中のだれが偽者っていうのよ？」

「おまえだ、成島」

名越に指をさされた成島さんが「は？」という表情を浮かべる。

「俺にはわかる。おまえの眼鏡は伊達眼鏡だ。本物の成島なら度が入った眼鏡をしているはずだ」

「度は入っているわよ」成島さんは平然としている。

「そうか？」名越が首をかしげた。「じゃあ俺に確認させてくれ」

成島さんは疑わしそうに眼鏡を外して名越に渡した。名越はしばらく成島さんの眼鏡を観察し、いつの間にか落ちついて正座している藤間さんに渡した。藤間さんは毛布にくるまった状態でごそごそと調べ、名越に眼鏡を返した。

「悪かった」名越が眼鏡のフレームを広げて成島さんに返す。成島さんは眼鏡に手をふれ、「なによ、これ！」と叫んで投げすてた。それはパーティーグッズであるようなフレームだけの伊達眼鏡だった。顔からはみでるくらいに大きい。

名越が投げすてられた伊達眼鏡の前でひざまずき、聖杯を恭しく掲げるような恰好で取りあげた。「おおぅ。これこそ、まごうことなき伊達眼鏡だ」

「返せ！　私の眼鏡！」

成島さんが藤間さんの背中をぽかぽかと叩いている。毛布を頭からかぶった藤間さんは、手足を引っこめた亀のように丸まっていた。

名越が興奮する成島さんの肩を後ろから指でつつく。ふりむいた顔に「はい」と、伊達眼鏡をかけた。意外と似合う。「いやあああ」成島さんの悲鳴が響いた。

その滅茶苦茶な光景をわたしとハルタは呆気に取られて見つめた。しかし、観客は爆笑している。おもしろがっている。確かに……楽しい光景に違いない。こういうのを観たかったんだろうな……

名越が成島さんの腕を取る。

「上条、わかったか？　成島は偽者の可能性が高いんだ。このままアジトに隠れていても警官が突入してくるかもしれないんだぞ。だから、これから成島を人質にしてこのアジトから出ていく。もし警官がいれば立場は逆転だ。時効まであと五分。五分くらいなら俺が犠牲になって、おまえらのためになんとか時間を稼いでみせる」

観客からおおっという声と、ぱちぱちぱちと拍手が湧いた。あと五分だ。名越くーん、みんなのためにがんばってー。応援する観客もいる。名越は観客に向かって「俺の自己犠牲はプライスレス（編集部注・お金では買えないほど、とても貴重）」といって親指を立てた。

「いや、いやぁ、私、偽者じゃないもん」

「黙れ、この偽者め！」

大きな伊達眼鏡をかけた成島さんが、名越に力ずくで引きずられていく。

「助けてよ、上条くん、穂村さん」

早く助けないと……。身体を動かしかけたわたしの目に、それまでステージの端で黙って座りつづけていたマレンの姿が映った。名越を睨みつけている。そんな表情に思えた。

ハルタが両手を上げて観客の注意を引く。拍手がやみ、名越も気づいてふりかえった。

「スマートじゃないな。退出は自らすすんで行わせるべきだ。……そう思っているんだろう、マレン？」

名越が成島さんの腕を引いたままステージの中央に戻ってくる。名越とハルタが対峙する形になった。

「なんだ、上条。俺が成島を退出させることに問題はないはずだ。観客だって支持してくれているぞ」

「名越の勘違いが成島さんを偽者に仕立てあげているんだ。アジトの真上にある部屋の住人が帰ってこないのは、まだ、十一時になっていないからだよ。だから別に今日はおかしな状況じゃない」

「……なに？」

「ぼくの腕時計はまだ、十時五十五分だ。名越の論理で考えると、成島さんを疑うのは十一時を過ぎてからでも遅くない」

名越がばかにしたように笑った。

「おまえの時計が壊れているんじゃないのか？　俺の時計はどんな時計よりも正確な電波時計だ。仮にだれかが時計の針をいじったとしても、すぐに自動補正してくれる賢い時計なんだ。悪いが上条、時間を一時間遅らせたかったのだろうが相手が悪かったな」

「遅れている？　ぼくの時計も名越の時計も正確に時を刻みつづけているよ。だってアジトのある場所は……中国の、蘇州じゃないか」

観客が騒然とした。ここは中国？　わたしは目を丸くしてハルタを見る。成島さんも藤間さんもぽかんとしていた。

「ぼくたちは最終的に中国の蘇州に密航してきたんだ。九州から千キロほどの距離だから、名越の電波時計が補正したんだよ、日本の時刻にね。日本との時差は一時間。つまりアジトのある現地時間は十時五十五分。名越の電波時計がさす日本時刻は十一時五十五分になる」

観客がざわついている。どういうこと？　そんな声がもれた。草壁先生が立ちあがって、みんなに説明をはじめたのでわたしは聞き耳を立てた。電波時計の修正距離は東北と九州にある電波送信局から千―千五百キロメートル以内。近隣の国に国内用の電波時計を持っていった場合、現地の標準時に時刻を合わせても時計が元の国の送信局信号を拾って、元の国の標準時刻に修正してしまう場合がある。カナダやアメリカといった補正範囲外のところでも、日本時刻に修正されてしまったケースもあるという。

名越の顔がゆがんだ。

「ぐっ……そうだった。ここは中国だったな」

潜伏しているアジトの場所がハルタの一言で変わった！　観客から大きな拍手が湧く。

「ここは中国なんだ。そして時間はまだ、十一時前」ハルタがいった。「だから真上の部屋の住人が帰ってこないからといって、成島さんを疑うのはまだ、早いんだ」

そのとき、ハルタの背後から肩をつかむ大きな手があった。マレンだった。

「なぜ……中国の蘇州なんだ？　時差が一時間ある場所は、他にもあるじゃないか。広州や、北京や、上海。……なぜ蘇州なんだ？」

「意味はあるよ」ハルタがマレンの手を戻す。「それよりみんな、ぼくたちはもっと大きな問題に直面しているんだ。そのことに気づいていないのかい？」

「ど、どういうことだ？」うろたえながら名越が返す。

「時効延長だよ。ぼくたちが国外の中国にいる限り、時効期間はカウントされないんだ。いまこの瞬間を切りとった場合、ぼ、く、た、ち、は、永、遠、に、終、わ、ら、な、い、時、効、十、五、分、前、の、世、界、に、い、る」

「な、なな、なんだって！」

「そう。ぼくたちの罪は消えない。ぼくたちが偽造したお金でたくさんのひとが不幸になった。時間がそれらの悲しみを消してくれるなんてただの思いあがりでしかない。ぼくたちはこの中国で一生罪を抱えながら生きていく。そう決めたんだ」

名越が言葉を失っている。ハルタはつづけた。

「ただここには、六人の犯行メンバーの他に、もうひとりの人間が交じっている。その人間は無関係だから解放してあげたい」

「六人の他に、ひとり？」名越が動揺した。「ちょっと待て。このアジトには俺と藤間とマレンと、上条と穂村と成島の六人しかいないだろう？」

「七人いるよ」

ハルタは微笑むと、わたしたちには見えない人間を招くジェスチャーをした。

「紹介しよう。中国人メンバーの王ちゃんだ」

観客が静まった。草壁先生がなぜかひとりで笑っている。次第に意味がわかってきたのか、笑いは全体に広がった。

「犬がワン？　ワンが……。そんなはずはない、ワンは犬だ！」

名越が唾を飛ばして叫ぶ。

わたしは理解した。事前にハルタが決めた「いってはいけない言葉」とは「犬」だった。最初に連れてきたのは犬じゃなかった。一言も犬なんていっていない。みんなでワンちゃんと合わせた。勝手に間違えたのは名越たち演劇部のほうだ。くだらないけれどハルタらしい。確かに王って中国人の名前にはある。客席に目を向けた。盛大な拍手。観客はわたしたちを支持してくれている！

「ちなみに中国人メンバーの王ちゃんの協力のおかげで、ぼくらは中国に密航できたんだ。ありがとう、王ちゃん」

観客はまだ、楽しそうに笑っていた。そして、ハルタは静かにマレンと対峙した。名越も成島さんも黙って見つめる。笑い声がやんだ。

「マレン、六人の犯行メンバーの中に中国人はふたりもいないんだ。つまりどちらかが無関係の人間になる。最初を思いだしてほしい。ぼくが口にしていた中国人メンバーとは王ちゃんのことなんだよ。この状況で外に出るうっかり者だから、ぼくはドジといったんだ」

「あ……」

マレンが後ずさった。

「きみは自分のことを『いいよ、中国人で』と認めた。つまり六人の犯行メンバーと無関係な人間はきみになる。だからきみをこの蘇州の地で解放する。一生犯罪者でいるぼくたちと陽のあたらない場所で過ごしたければ、納得のいく理由を話してほしい。きみに会いたいひとや叶えたい希望があるのなら、自分の家に帰るべきだ」

「帰る家って……どこに？」

マレンの口から震える声がもれた。

「このアジトの外は蘇州だ」

マレンはなにかをいおうとした。しゃべろうとしているのだが、なにかがこみあげてきて言葉にできない。そんな顔をしていた。きょろきょろと首をまわし、助けを求める目を名越に向ける。しかし、なぜか名越は助け船を出そうとしない。

「――そうか、マレン。手ぶらで蘇州に放りだされることを心配しているんだね。きみには当面の生活資金を入れたジュラルミンケースを用意してある。ダイヤル錠で鍵がかかっているんだ。いまからきみにその暗証番号を教える」

ハルタはマレンに近づくと、観客には聞こえない声でささやいた。わたしはその言葉を耳にすることができた。

「四桁の暗証番号は九〇八九。中国語の語呂合わせで読むと『求你別走』。『行かないでほしい』という意味だ。きみはいらないものとしてこの世に生まれてきたわけじゃない。ふたつの故郷、ふた組の両親を、大切に思ってほしい。名越とぼくの願いだ」

ぐっとマレンののどが鳴った。表情を崩すまいとして顔が悲しくゆがみ、再び名越のほうを向いた。名越が目をそらしてつぶやく。

「家に帰って確かめてこい」

マレンは退出した。

「確かに中国では不思議とケニーGの曲を聴く機会が多いね。サックスは日本と比べてはるかにポピュラーな楽器になっているんだ」

体育館で折りたたみ椅子を片づけながら草壁先生が話してくれた。

「あの」と、成島さんが近づき、わたししかそばにいないことを確認してから口を開いた。「『ふた組の両親』って上条くんがいったのを耳にしました。……先生はなにか知っているんですか？」

草壁先生は薄く笑ってこたえる。「そういうことは、いつかきみが、本人の口から聞いたほうがいいよ」

成島さんは頬を赤らめてうつむく。

わたしはハルタから断片的に聞いていた。

ひとりしかこどもを産んじゃだめ。現代では実質のないような制度（編集部注・中国の一人っ子政策。人口抑制を目的に、一人しかこどもを持てない政策。二〇一五年に、二人目まで認められるようになった）。でも、ひとり目しか戸籍を与えられないその制度は、十五年くらい前、ある田舎のある一族に悲しい亀裂を起こした。跡継ぎの長男の存在は絶対。もし長男がなにかの病気や障害をもって生まれた場合は……。ごく一部のケースで不幸が存在した。

マレンは――

わたしは折りたたんだ椅子を持って、ステージ下の収納スペースに向かう。退出ゲームのシナリオを考えた三人は、わたしがいわなくてもわかるでしょ？

スライド式の台車を押すハルタと名越を見つけた。

「いいのか？　マレンが演劇部から去ることになっても」

ハルタが遠慮がちにいうと、名越が手をとめた。天井をあおぎ、見つめている。

「俺か？　俺は満足しているよ。あいつの最初で最後の舞台を演出できたんだからな」

5

蘇州の風は冷たい。

あれから、僕は学校を休んで三泊四日の旅行にきていた。旅行の最終日、パパとママに頼んで僕はひとりで行動した。弟の家は比較的簡単に見つけることができた。郊外にある裕福そうな家。遠くからしばらく眺め、記憶に焼きつけてから踵を返した。

それから、僕は苦労して一番近い郵便ポストを探した。弟に宛てた一通の手紙を投函するためだ。

とりあえず僕は「故郷」に帰ってきた。そのことを知ってもらいたかった。

お互い「両親」は違う。

しかし、おまえの兄であることはこれからもずっと変わらない。いつかふたりが自立して、お互い自由に会えるようになったとき、サックスの共演も悪くないね。手紙にはそう書いた。

6

これで、わたしたちが経験した謎解きと、成島さんとマレンとの出会いの話はおしまいになります。

マレンはどうなるかって？

えへへ。あとでちゃんと吹奏楽部に入部してくれたの。オーボエ奏者の成島さんとともに、サックス奏者のマレンという素晴らしい仲間が加わり、夢に向かって一歩、前進できたのです。

全国大会は厳しい道のりで、これからどんな苦労があって、どんな結果が待ち受けているのかはわからない。

わたしには決めていることがある。

いつか大人になって話すときがきたら、苦労話なんて口にしないと。

その代わり、素敵な寄り道ができたことは伝えたい。楽しく生きたことは教えてあげたい。それが許される宝石箱のような時間は、わたしたちにも——この本を読んでくれたあなたがたにも、まだあるのだから。

それじゃ、またね。

あとがき

作者の初野晴です。

『ハルチカ　退出ゲーム』、いかがでしたか？　もともと高校生以上の読者を想定した小説なので、お話の中で、難しい表現や言葉があったかもしれません。できる限り直しましたが、どうしてもわからない場合、「いまはちょっとわからないからパス」でだいじょうぶです。この考え方は大事だと思います。私がこどものころは、世の中わからないことだらけで、それがわかる大人になるのが楽しみでしようがありませんでした。

さて。

ハルチカの特徴として、まずミステリ小説であることが挙げられます。「不思議なこと（＝謎）」が起こって、その不思議に対する「解答」が提示される形ですね。

探偵役であるハルタは万能ですが、彼は謎を解くことができても、問題を解決することはできません。問題を解決できるのは、チカちゃんたちのような熱意を持った人々です。それはシリーズの回を重ねるごとに提示されていきます。

そして、ハルチカは吹奏楽を題材にしています。吹奏楽の魅力はなんといっても、自分の呼吸を使って思いを音に乗せて、全員の心がひとつになった音楽を奏でられることです。

世の中には、受験科目にないから音楽を勉強する必要がない、と言う大人もいます。確かに音楽は無用かもしれません。しかし、無用の長物ほど美しい、という言葉があります。いわゆる芸術文化というものです。

読者のきみたちはまだ若いから、世の中のなにが正しいのかを見極めるのは難しいかもしれない。だからいまは、美しいもの、感動するものを求めつづけたほうがいい。それは人間として貴重で尊い欲求だと思います。みんなが正しいと思っていることが、時代とともに変わってしまうことはめずらしくないけど、美しいもの、感動するものは変わらない。きみたちが、なにかを判断するときの大事な指針になるでしょう。

ハルチカでは、「学校の外に世界は広がっている」という隠れテーマもありますので、この先まだつづくチカちゃんたちの活躍にご期待ください。

初野晴

二〇一六年十二月

〈主要参考文献〉

『色の秘密　最新色彩学入門』　野村順一　文春文庫PLUS
『奇妙な名前の色たち』　福田邦夫　青娥書房
『真実の言葉はいつも短い』　鴻上尚史　知恵の森文庫

参考文献の主旨と本書の内容は別のものです。また、本書執筆にあたり、この他多くの書籍やインターネットのHPを参考にさせていただきました。

この作品は、二〇一〇年七月、角川文庫から刊行された『退出ゲーム』の中の短編「結晶泥棒」「クロスキューブ」「退出ゲーム」をもとに、つばさ文庫向けに変更し、漢字にふりがなをふり、読みやすくしたものです。

角川つばさ文庫

初野 晴／作
1973年静岡県出身。2002年、『水の時計』で第22回横溝正史ミステリ大賞を受賞し、デビュー。『退出ゲーム』が日本推理作家協会賞（短編部門）の候補作となる。青春ミステリの決定版「ハルチカ」シリーズはアニメ化され、2017年3月には映画化もされる。シリーズ既刊は、『退出ゲーム』『初恋ソムリエ』『空想オルガン』『千年ジュリエット』『惑星カロン』（以上すべて角川文庫）。

烏羽 雨／絵
大学卒業後、雑誌や書籍の装画、挿絵などで活躍。角川つばさ文庫では、『バースデーカード』『新訳 フランダースの犬』のイラストを担当している。

角川つばさ文庫　Bは4-1

ハルチカ

退出ゲーム

作　初野 晴
絵　烏羽 雨

2017年1月15日　初版発行
2017年7月10日　6版発行

発行者　郡司 聡
発　行　株式会社KADOKAWA
〒102-8177　東京都千代田区富士見 2-13-3
電話　0570-002-301（カスタマーサポート・ナビダイヤル）
受付時間　9:00 〜 17:00（土日 祝日 年末年始を除く）
http://www.kadokawa.co.jp/
印　刷　暁印刷
製　本　BBC
装　丁　ムシカゴグラフィクス

ISBN978-4-04-631679-0　C8293　N.D.C.913　222p　18cm

読者のみなさまからのお便りをお待ちしています。下のあて先まで送ってね。
いただいたお便りは、編集部から著者へおわたしいたします。

〒102-8078　東京都千代田区富士見 1-8-19　角川つばさ文庫編集部

角川つばさ文庫発刊のことば

角川グループでは『セーラー服と機関銃』(81)、『時をかける少女』(83・06)、『ぼくらの七日間戦争』(88)、『リング』(98)、『ブレイブ・ストーリー』(06)、『バッテリー』(07)、『DIVE!!』(08) など、角川文庫と映像とのメディアミックスによって、「読書の楽しみ」を提供してきました。

角川文庫創刊60周年を期に、十代の読書体験を調べてみたところ、角川グループの発行するさまざまなジャンルの文庫が、小・中学校でたくさん読まれていることを知りました。

そこで、文庫を読む前のさらに若いみなさんに、スポーツやマンガやゲームと同じように「本を読むこと」を体験してもらいたいと「角川つばさ文庫」をつくりました。

読書は自転車と同じように、最初は少しの練習が必要です。しかし、読んでいく楽しさを知れば、どんな遠くの世界にも自分の速度で出かけることができます。それは、想像力という「つばさ」を手に入れたことにほかなりません。

「角川つばさ文庫」では、読者のみなさんといっしょに成長していける、新しい物語、新しいノンフィクション、角川グループのベストセラー、ライトノベル、ファンタジー、クラシックスなど、はば広いジャンルの物語に出会える「場」を、みなさんとつくっていきたいと考えています。

読んだ人の数だけ生まれる豊かな物語の世界。そこで体験する喜びや悲しみ、くやしさや恐ろしさは、本の世界の出来事ではありますが、みなさんの心を確実にゆさぶり、やがて知となり実となる「種」を残してくれるでしょう。

かつての角川文庫の読者がそうであったように、「角川つばさ文庫」の読者のみなさんが、その「種」から「21世紀のエンタテインメント」をつくっていってくれたなら、こんなにうれしいことはありません。

物語の世界を自分の「つばさ」で自由自在に飛び、自分で未来をきりひらいていってください。

ひらけば、どこへでも。——角川つばさ文庫の願いです。

角川つばさ文庫編集部